오늘 오후는
평화로울 것이다

노견과 여행하기

오늘 오후는
평화로울 것이다

최경화 지음

소동

작가의 말

책장을 정리하다 장 그르니에의 《어느 개의 죽음》을 발견했다.
아빠의 책일 것이다. 우리의 첫 번째 개가 떠난 뒤 철학자의
지혜에 기대 슬픔을 달래고자 샀을 터이다. 지금은 아빠도 떠났다.
삶의 반대로서의 글쓰기를 위해 철학자가 마주했을 종이.
그 커다란 종이의 한쪽 귀퉁이 앞에 나도 앉아 있다.

너는 지금 어디 있을까. 벌써 바람에 섞여서 어느 새의 깃털에 묻어 있을까.
너를 기억하기 위해, 너를 잊기 위해 이 책을 만든다.

우리의 여행 경로.

매우 효율적이거나 경제적인 루트라고 보긴 힘들다.

그래도 여행은 우리 것이니 우리 마음대로.

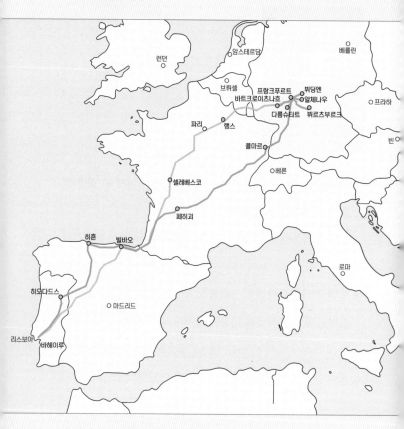

목적지

프랑크푸르트로 가는 길

독일 근교

바헤이루 오는 길

런던

암스테르덤

베를린

브뤼셀

프랑크푸르트 · 뷔덩엔
바트크로이츠나흐 · 알체나우
다름슈타트 · 뷔르츠부르크

프라하

파리 · 랭스

빈

콜마르

셀레베스코

베른

페히괴

로마

히혼 · 빌바오

히오다드스

마드리드

리스보아 · 바헤이루

이 글은 펫로스에 대한 내용이 아니다. 내 개가 이제 내 옆에 없는 것을 슬퍼하는 글도 아니다.

개와 함께하는 사람이라면 대부분 겪어야만 하는, 반려견의 늙음을 받아들이는 이야기다. 내 개의 늙음을 슬퍼하거나 부정하지 않고 최선을 다해 즐기려고 노력하는 이야기다.

귀여운 강아지 사진과 영상이 넘쳐나고, 공원에는 에너지 넘치는 개가 신나게 뛰어다니는데, 내 개만 느릿느릿 걷는다고 마음 한쪽이 아릿한 반려인들에게 혼자가 아니라고 손 내미는 이야기다.

풍성하고 윤기 흐르던 털이 푸석해지고 머루알같이 까맣던

눈이 옅어져 버린 내 아기, 내 친구, 내 동생에게 그래도 너를 변함없이 사랑한다고 말하는 이야기다.

그동안 모자란 우리를 사랑하느라 애썼다고 고마워하는 이야기다.

연두는 나와 함께 산 지 6년 반 되었다. 그 전에 몇 살이었는지는 확실히 모른다. 대략 다섯 살이었을 거라고 서류에 적혀 있긴 한데, 유기견 보호소라는 곳의 특성상 정확히는 모른다. 몇 살이건 간에 누나랑 딱 10년 재밌게 살자, 하고 데려왔다. 성견을 입양하다 보니 어른 대접을 해 줘야 할 것 같아 나는 녀석 눈치를 좀 봤다. 어느 정도 가까워질 때까지는 어린 강아지 만지듯 스스럼없이 배를 긁어주며 우쭈쭈거리거나 뱃살에 입방귀를 뀌지 못했다.

정리 안 된 털이 덥수룩한 탓에 입양 후 며칠 지나서야 연두의 발가락 수가 모자란다는 것을 알았다. 동네 동물병원에서는 심장 뛰는 소리가 불규칙하다고도 했다. 하지만 딱히 증상이 없으니 조심하다가 나이가 더 들면 약으로 관리하자고 했다. 그리고 발가락 수가 모자란 건 아마도 태어날 때부터 그런 것 같다고, 체중이 늘면 발에 무리가 갈 테니 살 찌지 않게 주의하라고 했다.

엄유진, 〈연두와 나〉, 2018. 연두와 내가 누워 있는 모습을 까가 사진으로 남기고 엄유진 작가가 그림으로 그려주었다.

　연두는 크게 신경 쓸 데가 없는 개였다. 예절 교육을 하지 않아도, 배변 교육을 하지 않아도 사고 안 치고 헛짖음도 없었다. 아이들에게나 어른들에게나 연두는 점잖은 선비였다(물론 음식 앞에서는 눈레이저 쏘는 선비). 다만 자기보다 큰 수놈은 싫어했다. 그 수놈이 물색없이 놀자고 덤벼들면 "왕!"하고 한 번 짖었다. 연두의 성량은 의외로 좋았다. 깊고 울림 있는 '왕!'이었다. 연두가 짖을 때는 그때뿐이었다. 가족과 이웃은 모두 연두를 좋아했다. 시립보호소에서 입양을 결정한 날, 그곳의 수의사가 "음, 좋은 개지"라고 했던 이유를 알 것 같았다. 우리는 함께 강변을 걷고, 바닷가에 가고, 여행을 갔다.

우리가 함께 산 지 5년 정도 되었을 때, 연두의 겨드랑이에 작은 멍울이 잡혔다. 사람의 지방종 같은 느낌이었는데 연두가 아파하지는 않았다. 정기검진 때 물어봤더니, 크기가 커지지 않고 아파하거나 가려워하지 않으면 괜찮다고 했다. 점점 연두의 시력이 떨어지고 발을 절룩거리는 것이 모르는 사람의 눈에도 띨 정도가 됐을 때, 그 멍울도 커졌다. 이걸 떼는 수술을 하고 조직검사를 했다. 검사 결과 비만세포종canine mastocytoma이라는 이야기를 들었다. 걱정할 단계는 아니고, 혹시 몰라 근처의 조직도 긁어내고 검사를 했는데 주변으로 번지지 않았다고 했다. 연두는 수술할 때 털을 밀어낸 것 말곤 멀쩡해졌다. 심장도 초음파상으론 불규칙하게 뛰는 건 같지만 더 나빠지지는 않았다고 했다.

　그 사이 연두는 간염으로 아팠다가 나은 것 말곤 잘 지냈다. 물론 노견으로 잘 지냈다는 말이다. 규칙적으로 안약을 넣어주고, 간 영양제를 매일 먹이라는 처방이 있었다. 예전만큼 소변을 잘 참지 못하게 되어 산책 횟수를 늘이되 한 번 당 시간은 줄였다. 피곤할 때만 다리를 약간 절룩이던 것도 누구나 알아챌 정도가 되었다. 우리 집은 계단을 지날 일이 없지만 여행을 간다거나 해서 계단이 있는 곳에 묵을 때는 올라가긴 어찌어찌 해도 잘 내려가진 못하게 됐다.

　내 개는 늙어가고 있었다.

연두 개. 수놈이나 '나'와 함께 살기 위해 후손을 남길 능력을 포기함. 순정만화 남주처럼 굽슬굽슬한 금발이 매력 포인트. 출생지 미상. 아마도 포르투갈 어딘가. 나이 미상. '나'와 함께 산 지는 6년 반 되었음. 최소 열두 살 추정.

나 사람. 대한민국 서울에서 태어나 포르투갈 거주 중. 인생에 개가 포함되어야 행복한 사람. 연두는 '나'의 세 번째 개.

까 사람. 포르투갈에서 태어나 쭉 포르투갈 거주 중. 유년 시절 집에서 기르던 개가 몇 있었으되 마음을 준 대상은 파룩이라는 발바리뿐.

주인공의 친구들

하랄트 까의 오래된 친구. 독일 프랑크푸르트 거주. 여행으로 3주 집을 비우며 나와 까에게 프랑크푸르트 집을 제공해 줌.

텔마 연두의 주치의.

바스코 하랄트의 이웃 레나트의 반려견.

제제 까의 동생. 프랑크푸르트 근교 거주 중.

프랑크 제제의 파트너.

똘이 나의 첫 번째 개.

파룩 까가 어릴 때 기르던 개들 중 유일하게 좋아하던 개.

연세 나의 두 번째 개.

발레리와 프레데릭 프랑스 전원 저택 비앤비 주인장 부부.

루이스 안토니오 스페인 히혼 아파트 비앤비 주인장.

파울루 까의 회사 동료. 부모님의 고향 마을에 여름 집을 구입, 까와 나를 초대했다.

로사 파울루의 어머니.

목차

0. 소견서

2020년, 기회가 생겨 포르투갈 밖을 자동차로 여행하기로 했다.
연두와 포르투갈 밖을 여행한 게 처음은 아니지만
이번에는 어떤 일이 일어날지 몰라 반려동물 여권을 준비했다.
연두라면 대환영인 이웃들이 있어도 매일 세 가지 약과
간 영양제를 먹고 있는 녀석을 어디 맡길 수도 없고,
노견의 한 달은 어떤 일이 일어날지 모르므로 약과 서류 등을 챙겨
함께 여행하기로 했다. 수의사 텔마는 나의 결정을
전폭적으로 지지해줬다. 소견서와 여권을 보니 울컥했다.

수의사의 소견서를 보고 울컥한 이유는 마지막 문장 때문이었다. 연두의 병과 증상에 대해 간단히 서술한 뒤에 연두에게 어떤 의학적 조치, 혹은 안락사가 필요하다면 도움을 주길 바란다는 내용이 덧붙여져 있었다. 안락사라니. 연두를 계속 봐 온 수의사의 이야기니 허튼 걱정은 아닐 것이다.

개 여권과 소견서를 받아 집으로 오는 길, 눈물이 확 쏟아질 것 같았지만 참았다. 아직 연두는 그 정도로 아프진 않고, 여행 중 이 소견서를 써야 할 일이 생기지 않을지도 모르는데 경거망동하기 싫어서였다. 괜히 울다간 정말 울 일이 생길 것 같아서였다.

까에게 여권과 소견서를 받아왔다고 얘기하고도, 그날은 소

반려동물 여권과 수의사 소견서.

견서의 내용을 굳이 얘기하지 않았다. 괜한 걱정을 미리 주기 싫었다. 그러나 물그릇이 가득 차면 넘치듯, 내 머리와 가슴은 마지막 문장으로 가득했고 그 다음날은 넘쳐버렸다. 까는 마지막 문장을 조용히 들었다.

혹시 궁금할 수도 있는 정보

유럽연합 국가에서 여행할 때 반려동물 서류가 필요할까? 유럽 연합 홈페이지에는 반려동물과 여행을 하려면 보호자는 반려동물의 동물 여권을 가지고 있어야 한다고 써있다. 그러나 자동차로 유럽을 여행한 경험을 되돌아보면, 사람이 국경을 넘을 때처럼 개 역시 서류가 필요 없다. 간혹 일부 호텔에서 개와 함께 숙박하게 되면 반려동물 여권과 보험(동물이 사람을 다치게 했다거나 물건을 파손했을 때를 대비해)을 요구하는 경우가 있다. 난 예약할 때 늘 9킬로그램짜리 개와 함께 간다는 이야기를 해둔다. 그러면 개와 동반할 경우 필요한 것들을 알려준다. 그러나 대부분의 숙박업체는 '동물 동반 가능' 혹은 '동물 동반 불가능' 또는 '몇 유로 추가요금 내고 가능' 같은 식으로 운영을 하며 서류를 요구하지 않는다. 그러나 연두는 병원에 갈 수도 있었기 때문에 유럽 내 자동차 여행이지만 여권을 만들기로 했다.

개, 고양이, 페럿의 유럽연합 여행용 동물 여권을 만들기 위해서는 마이크로칩 내장, 광견병 백신과 구충이 필수다(다른 동물일 경우 나라별로 확인 필요). 연두는 6년 반 전 입양할 때 이미 동물보호소에서 마이크로칩을 내장했고 내가 직접 동사무소에 가서 반려동물 등록을 했다. 시립 동물보호소를 통해 입양한다면 칩 내장, 동물 등록, 중성화 수술 등이 지켜야 할 의무였다. 반려동물 여권을 발급받고 싶다면 동물병원에 반려동물과 함께 가야 한다. 광견병 백신을 맞았는지, 구충약을 먹었는지 등의 진료 기록이 확인되면 수의사는 이러한 사항과 함께 동물과 반려인의 정보를 기재한 뒤 여권을 발급해준다. 현재는 반려인이 동사무소에 가지 않아도 동물병원에서 모든 것을 처리할 수 있도록 전산화돼 있다. 여행을 할 예정이 있는 반려인과 동물이라면 처음부터 일반 동물 서류 대신 동물 여권을 발급받을 수도 있다. 소견서는 필요할 경우 요청하면 되는데, 독일이 우리의 목적지라는 걸 얘기하자 텔마는 영어로 소견서를 써주었다.

1. 너는 나의 명상, 나의 아령

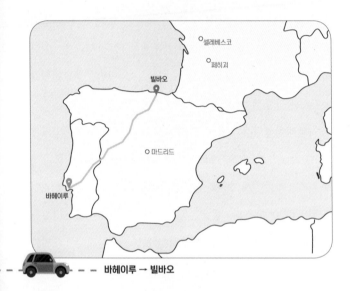

바헤이루 → 빌바오

1,000킬로미터 달려 빌바오Bilbao 도착(삽질 거리 포함)

꼬박 12시간(삽질과 휴식시간 포함)을 잘 달려준 까와

점잖게 잘 와준 연두에게 감사.

멋진 풍경이 많았지만 어차피 그렇게 안 나오는 거 아니까

사진 찍기 포기.

특히 잘못 들어선 바스크 지방Pais Vasco의 풍경이 멋졌다.

온통 푸르고 집들은 이국적이고.

안다. 이국적이라는 단어가 얼마나 주관적인지. 자기네 집을 '이국적'이라는 단어로 표현한다는 걸 알면 바스크 지방 사람들은 놀라겠지. 그들에게는 서울 북촌의 한옥이 이국적일 테니. 물론 내가 사는 포르투갈 우리 동네도 누군가에게는 이국적일 것이다.

스페인 여행을 꽤 다닌 내게도 바스크 지방에는 뭔가 특별한 것이 있다. 산은 이베리아 반도 어느 곳보다 가파르고, 길은 계곡 따라 구불구불, 스페인의 다른 지역이라면 건조해서 바싹 말라 누르스름할 여름 들판은 온통 푸르다(덜 덥고 덜 건조하다는 뜻이다). 집은 독일이나 프랑스 알자스 지역처럼 건물 외부에 목재가 뼈대 형태로 드러나는 목골 가옥이다. 깊고 험한 산세 때문인지, 바스크인들의 기질 때문인지 로마제국이 이베리아 반도를 점령했을 때도 바스크 산악지역은 완전히 지배하지 못했다. 바스크어는 카스티야어(보통 스페인어라고 부름), 카탈루냐어, 혹은 포르투갈어처럼 라틴어에서 나온 말이 아니다. 라틴어가 이 지역을 접수하기 전부터 바스크인들이 쓰던 말이다. 폴란드나 체코, 러시아 같은 곳을 갔을 때 익숙치 않은 알파벳 조합을 보고 느끼는 생경함을 여기서도 느낄 수 있다. 외국 여행하는 느낌 물씬 든다.

연두는 차에서 꽤 점잖은 개다. 연두를 입양하고 처음 집으로 데리고 오던 날, 멀미하지 않을까 걱정을 했지만 다행히 무던히 넘겼다. 나의 첫 번째 개 똘이는 차 타는 걸 싫어했다. 나는 예전에 겪었던 경험을 바탕 삼아 연두가 차를 좋아할 수 있도록 차 타고 병원 가기 전에 차 타고 놀러 가는 것부터 시작했다.

"자, 차를 타면 즐거운 일이 생기는 거야!"

우리는 강변, 해변, 들판을 쏘다녔다. 물론 나중에는 병원도 갔다. 그러나 연두에게 차는 놀러 가기 위한 과정의 첫 번째 단계일 뿐이었다.

'덜컹거리는 기계에 올라타면 인간들과 하루 종일 같이 있을 수 있어! 새로운 냄새로 가득한 곳에 내려! 실컷 영역 표시를 할 수 있어!'

연두는 차 문을 열면 신나서 뒷좌석에 펄쩍 뛰어 오르곤 했다.

그러나 이번 여행은 자동차 여행을 꽤 다닌 우리 셋에게도 새롭고 긴 여정이었다. 여행 거리가 멀기도 했지만 연두는 때맞춰 약을 먹어야 했고, 까와 나는 코로나19 때문에 식당에 들어가 앉아 밥 먹기가 걱정스러웠다. 보냉 가방을 준비하고 연두가 쓸 물건을 챙겨 넣은 가방도 준비했다. 레스토랑 대신 조용한 공원에서 샌드위치를 먹을 계획으로, 보냉 가방에는 보냉제와 함께 음료수, 한달 넘게 집 비울 것을 대비해 최대한 냉장고 탈탈 털어 만든 샌드위치, 과일, 연두 간식을 넣었다. 연두 가방에는 연두 건사료와 캔사료, 약, 약사발(약을 가루 내어 캔사료와 섞기 위해) 등을 넣었다.

고속도로 통행료가 비싼 포르투갈에서는 국도를 이용하다가 포르투갈-스페인 국경을 넘고, 스페인으로 넘어오자마자 주유를 한가득 했다. 스페인의 고속도로는 대부분 무료이고, 휘발유 값은 포르투갈보다 저렴하다. 그러다 보니 국경 근처에 사는 포르투갈인들은 자동차 주유는 물론 가정용 부탄가스도 스페인에서 구입해 가져올 때가 많다. www.globalpetrolprices.com의 2020년 9월 유럽 42개국 휘발유 가격 비교에 따르면 포르투갈보다 휘발유가 비싼 나라는 네덜란드, 노르웨이, 덴마크, 핀란드, 그리스뿐이었다. 포르투갈은 전반적인 물가가 저렴한 편이지만 자동차 관련 비용은 비싼 편이다. 대신 커피와 와인은 저렴하면서 맛있으니 참는다. 커피와 와인은 매일 마시지만 고속도로는 매일 지나다니는 게 아니니 적은 돈으로 매일 행복해지는 것도 나쁘지 않지.

국경을 지나면 나오는 스페인의 카스티야이레온Castilla y León 지방은 건조하고 평평하다. 도로변 농지는 이미 밀농사가 끝나 누렇거나, 해바라기 밭이 군데군데 흩어져 있었다. 살라망카Salamanca와 토르데시야스Tordesillas 사이의 작은 마을, 그늘 아래 벤치에 앉아 싸온 샌드위치를 먹고, 연두에게 약과 밥을 주

어디든 같이 가자 연두.

차 잘 타는 개 연두.

고, 광장의 카페에서 커피를 마시고 우린 다시 길을 떠났다. 스페인 내륙 지방이 이맘때쯤 늘 그렇듯, 공기는 뜨겁고 건조했다.

북쪽으로 올라가 빌바오에 가까워질수록 바깥 풍경은 푸르고 축축해졌다. 각자 다른 길을 가리키는 여러 내비게이션 사이에서 우왕좌왕하다 잘못 들어선 길이 이날 본 가장 아름다운 풍경이었다. 가파르고 굴곡이 많아 까가 운전하긴 쉽지 않았겠지만. 사진 찍기는 애초에 포기하고 넋을 잃고 창 밖을 바라봤다. 연두는 의젓하게 내 발치에 누워 있었다.

우리는 해질 무렵 빌바오에 도착했고, 리스보아Lisboa 구시가지만큼이나 가파른 언덕과 일방통행이 많은 도시에서 겨우 주차할 자리를 발견, 셀프 체크인을 하고 짐을 풀었다. 2층으로 된 스튜디오에서 우린 이틀 밤을 묵었다. 연두는 계단을 오르내리지 못하기 때문에 일일이 안아 올리고 내려주어야 했다. 2년 동안 헬스장 다니며 아령 든 보람을 느꼈다.

나는 연두를 입양하기 전에 요가를 했었다. 그러나 연두와 매일 산책을 하며 강물과 풀밭을 바라보고, 무엇보다 연두와 동네 개들 바라보는 게 최고의 명상이지 무슨 명상을 수업료 내고 따로 하나 싶어 그만두었다(포르투갈의 요가 수업은 한국보다 명상에 비중을 두는 곳이 많다). 그리곤 동네 헬스장에 등록했다. 번듯한 최신 기구는 없지만 개인 트레이너를 따로 고용하지 않아도 직원들이 내 체력과 특성에 맞춰 세심하게 관리해주는 곳이다.

4년 전 여름, 연두가 풀밭에서 벌에 발을 쏘여 집까지 안고 돌아와야 했던 날이 있었다. 개를 안고 100미터 정도 걷자 팔이 부들부들 떨렸다. 중간에 잠깐 연두를 내려놓고 쉬기까지 했다. 것도 두 번이나. 그런데 얼마 전 연두가 아팠을 때는 비슷한 거리를 안고 가는데도, 힘든지도 모르겠고, 팔도 떨리지 않았다. 심지어 오르막길이었는데도. 연두는 나의 명상, 나의 아령.

널 보는 게 나의 명상.

2. 빌바오

산이 많고 바다 근처라 시원한 곳이지만 오늘은 너무 더웠다 빌바오.

무려 41도. 어제도 시원 내일도 모레도 쭉 시원. 오늘만 왜!

해 떨어지면 노견 모시고 나갈 예정. 핀초들 기다렷!

누구에게나 장단점이 있지만, 스페인 사람들의 매우 훌륭한 점은

아이들과 동물들에게 친절하고 관대하다는 점이다.

누에바 광장의 테라스에 앉았더니 부탁도 안 했는데 개 마실 물부터 대령.

낮이 뜨거운 스페인은 애들이나 개들이나 밤에 신난다.

밤이 좋은 건 모두에게 같다.

1960~70년대는 빌바오 조선 산업의 전성기였다. 그러나 1970년대 말부터는 일본에 이어 한국 조선업과의 경쟁에서도 밀리게 됐고 1980년대가 되자 빌바오 조선소들은 문을 닫기 시작했다. 일자리를 잃은 노동자들의 시위는 날이 갈수록 거세져 시위 중 목숨을 잃은 노동자가 나올 정도였다. 빌바오의 주 수입원이 조선업이었으므로 도시는 쇠락해갔다. 1990년대 초, 바스크 주 정부와 구겐하임 재단은 빌바오의 네르비온Nervión 강가에 구겐하임 미술관을 짓기로 결정했다. 건축가 프랭크 게리Frank Gehry가 미술관의 디자인을 발표했을 때 각계 각층의 반대는 극심했다. 지나치게 과감한 디자인에, 비용이 많이 든다는 이유 때문이었다. 내 작품은 절대 저기 전시하지 말라는 조각가부터, 당선되면 미술관 건축을 취소하겠다는 후보가 선거에 나타나기도 했다. 그러나 은빛 금속 표면의 건물이 모습을 드러냈을 때, 세간의 평가는 달라졌다. 1997년 개관한 이후부터 지금까지 구겐하임 미술관은 빌바오의 얼굴이 되었다. 현재 미술관에는 구겐하임 재단 컬렉션뿐만 아니라 리처드 세라Richard Serra, 제니 홀저Jenny Holzer, 안젤름 키퍼Anselm Kiefer 등 유명 작가들의 새로운 작품 또한 전시돼 있다. 건축 자체로 높이 평가 받기도 하고, 구겐하임 미술관 때문에 빌바오를 찾는 여행자가 늘면서 도시는 활력을 찾게 됐다. '구겐하임 효과'라는 표현이 생길 정

도로, 이 미술관이 빌바오를 재생한 역할은 컸다.

1995년, 마드리드에 있던 내가 빌바오와 바스크 지역에 대해 가지고 있던 이미지는 ETA(Euskadi Ta Askatasuna '바스크 조국과 자유'라는 뜻의 바스크 분리주의 집단. 2011년에 무장 활동 중단을, 2017년에 무장 해제를 선언했다)로 인해 좋지 못했다. 1년 어학연수 기간 동안 ETA가 일으킨 폭탄 테러가 세 건이었으니, '이래도 한국이 단지 분단국이라는 이유로 위험하다고 할 수 있나?'라고 생각했다. 한국으로 돌아가고 얼마 안 돼 빌바오 구겐하임 미술관에 대한 뉴스를 보았고, 그저 궁금한 마음만 가지고 있었다.

2008년, 산티아고로 가는 길을 걷기 위해 빌바오로 가는 비행기를 탔다. 카미노를 출발하기 전 시차 적응도 할 겸 며칠 묵기로 했다. 9월, 덥지도 춥지도 않은 날에 해가 저물어가는 시간이었고, 강물과 미술관 앞 연못의 물에 반사된 저녁 빛이 티타늄 벽에 부딪혔다가 내게 쏟아졌다. 스케이트보드 타는 아이들의 웃음소리와 보드 바퀴가 바닥에 구르는 소리, 타다닥 계단을 내려오는 소리만 들렸다. 내 기억의 구겐하임 앞뜰은 은색빛과 아이들의 스케이트보드 소리만 가득하다.

2020년, 까가 빌바오를 좋아할 것이 확실했다. 적당히 고풍스럽고 적당히 모던하다. 게다가 프랭크 게리의 건물과 현대미술이 있다. 강을 끼고 있고 바다와 가깝다. 까는 도시에 살긴 싫어

빌바오 구겐하임 미술관 전경.

제프 쿤스Jeff Koons, 〈퍼피〉, 1992, 1240x1240x820cm,
스테인리스스틸, 흙, 꽃 핀 식물, 구겐하임 미술관 앞. 빌바오.

하면서 도시로 여행 가는 건 좋아하는 취향을 갖고 있다. 인구 50만인 리스보아는 사람 많다고 질색하면서 인구 천만인 서울을 여행하는 것은 좋아한다. 이해가 안 되지만, 받아들인다.

내 예상대로 까는 빌바오를 좋아했다. 그러나 우린 멋진 노을과 티타늄에 반사되는 찬란한 빛을 즐기기 힘들었다. 딱 이 날만, 웬만해서 여름에도 30도를 넘지 않는다는 이 지역에서 이례적으로 기온이 41도까지 올라갔기 때문이었다. 우린 더위를 피해 그늘과 미술관 실내와 시원한 숙소에서 시간을 보내다가, 해가 떨어진 뒤에야 연두를 데리고 나올 수 있었다.

12년 전 빌바오에서의 나는 저녁 무렵 혼자 핀초를 먹으러 나섰다. 핀초는 길다란 이쑤시개에 꽂아 파는 타파스 같은 음식이다. 평소 여행 스타일대로, 멋진 광장에 면한 바르bar보다는 평범한 동네 사람들이 가는 바르로 들어갔다. 적당히 구시가지에 있으면서 손님들의 나이와 성별이 골고루 섞인 곳을 찾으면 쉽다. 깔끔한 분위기나 예쁜 사진은 포기한다. 그런 북적북적한 분위기에서, 까냐(생맥주)와 핀초 한두 개로 저녁을 대신한다. 테이블을 잡을 필요도 없다. 바르 앞에 서서, 혹은 간이 의자에 살짝 걸치고 앉아서 먹는다. 스페인은 혼자라도 이것저것 골라 먹으며 여행하기가 좋다.

그러나 이번 여행에서는 나의 습관을 포기했다. 북적북적한 실내에서 마스크 없이 먹고 마시는 건 이제 찜찜한 일이 됐다. 그래서 이번 빌바오 핀초 맛보기는 누에바 광장의 야외 테라스 좌석에, 제법 관광객스럽게 앉아 먹는 걸로 바꾸었다. 뭐, 해보니 이것도 나쁘지 않았다. 지나가는 사람 구경하며, 아픈 다리도 쉬며, 우린 핀초 몇 가지와 단단한 거품이 올라앉은 맥주를 먹고 마셨다. 바르 직원은 우리와 연두가 앉는 걸 보자마자 부탁하지도 않았는데 개를 위한 물그릇부터 가져다주었다. 스페인 사람들은 어린아이와 개들에게 관대하고 친절하다. 10시가 훌쩍 넘어 더위가 수그러든 시간, 광장에서 아이들이 뛰어다니며 놀았다. 광장 한쪽의 수도꼭지는 아이들과 기운 넘치는 개들의 훌륭한 놀이터가 되었다. 어른이 밤이 좋으면 아이들도 밤이 좋을 것이다. 개도 마찬가지다.

연두는 우리 옆에 앉아 음식을 기다렸다. 연두의 발병 이후, 식탁 예절에 대한 나의 기준은 많이 낮아졌다. 예후가 좋지 않은 종양이라는 얘기를 들었고, 수술은 불가능했다. 얼마나 살지 모르는 녀석이 바게트 빵 좀 먹는 게 무슨 대수인가. 약만 잘 먹는다면, 밥만 잘 먹는다면. 까짓 거 예의범절 좀 부족하면 어떠랴. 다른 사람 폐 끼치지도 않고, 나한테만, 음식으로만 뜨거운 시선을 좀 쏠 뿐이다. 난 핀초에 곁들여 나온 빵을 좀 떼주었다.

빌바오 시청 앞 연두와 까.

빌바오 구시가지.

3. 프랑스 시골 저택

빌바오 → 셀레베스코

푸아티에Poitiers 근처 셀레베스코Celle-Lévescault 지역의 한 샤토.Chateau.
주인 부부와 아버지가 살고, 각종 전시회가 열리고
아티스트 작업실이 있으며, 여행자에게 방과 욕실을 빌려주는 곳.
타람과 레퓨즈라는 강아지들이 우릴 맞아줬다. 차 문을 열자마자 바둑이는
차 안으로 머리를 들이밀고 3개월 된 강아지는 풀쩍 차 안으로 들어왔다.
귀여움 공격에 기절할 뻔.

리스보아 근교의 집에서 프랑크푸르트까지 자동차로 가는 여정은 주로 구글맵의 도움을 받아 결정했다(실제 운전을 할 땐 모든 유럽을 커버하는 '톰톰'과 '웨이즈'라는 내비게이션을 썼다). 일단 출발지와 목적지를 설정하고 최단 경로를 본다. 그 후 최단 경로 안에 포함되거나 그 근처에 흥미가 갈 만한 도시가 있나 체크한다. 반드시 들르고 싶은 도시가 있을 경우, 그 도시를 중간 도착지로 설정해서 검색한다. 우리의 여정 최단 경로는 보르도와 파리를 지나게 돼 있었다. 평소 같으면 당연히 보르도에 가서 와이너리 구경하며 와인 마시고, 파리에서 며칠 묵었을 것이다. 그러나 지금은 코로나19 상황. 최대한 대도시는 피하기로 했다.

전체 거리를 먼저 확인한 뒤(2,500킬로미터였다) 며칠을 이동에 쓸 수 있는지(4박 5일이었다) 하루에 몇 킬로미터를 갈 것인지를 고려해서 일정을 정했다. 우리의 체력과 여행 스타일도 중요한 요소다. 7년 전, 까가 휴가가 끝나자마자 바로 회사에 가야 하는 바람에 어쩔 수 없이 3일 동안 프랑크푸르트부터 리스보아까지 내내 달린 적이 있다. 다신 하고 싶지 않은 경험이었다. 힘들고, 지겹고, 힘들다. 설상가상, 8월인데 자동차 에어컨이 고장 났었다. 아름다운 장소를 지나도 여유롭게 산책할 시간이 없었다. 까와 내가 번갈아 운전하면 좋았겠지만, 까의 자동차는 수동이었고, 지금도 그렇다(난 운전면허시험장을 나온 뒤론 변속기에 손을 댄 적이 없다). 이번에도 독일까지 옮겨야 할 짐이 좀 있어서, 짐 넣을 자리가 큰 까의 차로 여행하기로 하고, 자연스레 운전은 까의 몫이 됐다. 어차피 까는 남한테 운전 안 맡기는 성격이기도 하고 난 조수석 스타일이니까. 잘됐다.

우리는 프랑크푸르트에 사는 까의 친구 하랄트가 여행을 떠난 동안 그의 집을 쓰기로 해서 일정을 자유롭게 조정할 수 있었다. 하지만 오래 만나지 못한 하랄트와 까가 회포를 풀 시간이 필요했고, 갑자기 결정한 여행을 떠나기 전 이것저것 집에서 마무리해야 할 일도 있는 것을 고려해 계획을 잡기로 했다. 하랄트가 여행을 떠나기 전날 오후쯤 프랑크푸르트에 도착해 집 열쇠를 받고, 그가 3주 뒤 스위스에서 돌아오면 그때 며칠 함께 보내기로 했다. 독일에서 포르투갈로 돌아오는 여정은 프랑크푸르트에서 2주일 정도 지낸 다음 천천히 정하기로 했다.

난 우리 집의 여행사다. 여행의 큰 목적지를 정하고 나면 숙소 검색과 예약, 항공권과 각종 티켓 구입 등 세부 사항을 결정하는 것은 내 몫이다. 이번에도 프랑크푸르트에서 3주 지낸다는 기본 계획 말곤 모두 내가 검색해서 내 마음대로 결정했다. 재미있기도 하지만 은근 시간을 잡아먹는 일이다. 까의 의견을 묻는 것은 크게 도움이 되지 않는다는 걸 나는 지난 몇 년의 경험상 알고 있었다.

"네가 원하는 대로 할게." 처음에는 이 말에 꽤나 분통이 터졌다. '아니 이 사람이, 내가 공들여 짠 여행 계획에 숟가락 하나 달랑 들고 들어오네?' 하는 생각 때문이었다. 그러나 몇 번 여행을 다니고 나서 알게 됐다. 난 내가 까에게 맞춰주고 있다고 생각했는데, 실은 까도 내게 맞춰주고 있었던 것이다. 내가 가자는 미술관들을 군말 없이 다 가면서. 커플 중 계획 짜는 사람은 한 명이면 족하다. 우리의 시스템이 제대로 작동했던 건 내가 계획하고 까는 굳이 그 위에 뭔가를 더 얹지 않았기 때문이다. 사공이 많은 여행은 피곤하다.

자유를 얻은 자, 책임도 크다. 빌바오 다음에는 어디에 멈출 것인가? 고민이 시작됐다. 그럴 땐 숙소 예약 사이트의 필터 기능을 활용한다. 동물 동반 허용. 이 필터가 없는 플랫폼은 아예 사용하지 않는다. 적당히 가격도 설정한다. 무료 주차가 가능한지는 융통성 있게 조절한다. 건물 내 무료 주차장 옵션이 없어도 밤에는 길가에 무료 주차 할 수 있는 곳도 있고, 숙소 근처가 아예 무료 주차 지역인 곳도 있다.

그렇게 해서 적당한 장소를 찾았다. 대도시를 피하는 김에 아예 사람 없는 대자연 안에서 하루 묵어 볼까 싶어 시골의 한 오두막에 예약 요청을 하고 쪽지를 보냈다. "우린 포르투갈에서 프랑크푸르트까지 여행 중이고, 포르투갈-한국 커플+개 한 마리야." 곧 답장이 왔다. 개와 함께 있어도 좋으나 잘 때는 개를 차에 재울 수 있냐는 이야기였다. 나도 바로 답장을 보냈다. "우리 개는 노견이라 그럴 수 없어." 곧장 무료 취소 절차에 들어갔다. 개들이 소파나 침대에 올라가게 두면 안 된다는 규칙은 봤어도 차에서 재우라니. 안 될 소리다. 연두는 분리불안이 없지만 내가 있다.

자연 속의 숙소를 찾던 중 집 전체를 빌린다는 필터를 제거하자 한 저택이 떴다. 주인이 사는 저택에서 방과 욕실 있는 층을 빌려준다는 곳. 사진을 보아하니 저택 크기가 꽤 크고 부지가 넓어서 주인이 살고 있는 집이라도 우리가 지내는 데 무리 없어 보였다. 게다가 귀여운 바둑이 사진이 프로필 사진에 떡! 애견인의 마음은 애견인에게 끌린다. 그 저택이 바로 오늘 우리가 잘 이곳. 푸아티에에서 멀지 않은 곳이다. 프로필의 바둑이를 실제로 만나 보니 여덟 살 먹은 타람이었다.

도시를 좋아하는 내가, 가장 가까운 레스토랑이 7킬로미터 떨어진 곳에 있는 전원의 저택을 숙소로 선택한 건 큰 변화다. 감염병 때문에 사람 많은 곳을 피하자는 생각도 있었지만, 건물이 가로막지 않은 풀밭과 울창한 나무들을 보면 기분이 좋아지는 것도 이곳을 선택하게 된 이유다. 그렇다. 이건 나이 때문이다. 그러나 무엇보다도 풀밭에서 한가롭게 냄새 맡고 영역 표시하는 연두를 보면 세상 부러울 것이 없기 때문이다. 10년 전이라면 이런 곳에서는 하룻밤도 못 보냈을 것이다. 그렇다고 사람 많은 도시가 싫어졌나, 그렇지 않다. 지금도 사람들이 삼삼오오 모여 커피 마시는 광장이나 서점, 아이스크림 가게, 빵집 등이 모여 있는 골목길에 들어서면 괜히 좋아서 혼자 씨익 웃는다. 물론 연두도 도시를 좋아한다. 얼마나 냄새 맡으며 확인할 거리가 많은가.

그러나 아무래도 도시에서는 가야만 하는 곳이 있기 마련이고(친구를 만나러 간다거나, 서점이나 미술관에 간다거나) 한정 없이 냄새 맡는 개를 기다리기란 쉬운 일이 아니다. "가자, 연두야, 누나 늦었어"가 인내심 부족한 내가 도시에서 연두에게 꽤 자주 하던 말이다. 도시는 사람을 분주하게 만든다.

미안하다. 넌 나를 항상 기다렸는데 난 그 삼십 초를 못 참아 자주 재촉했구나. 고맙다. 집에서, 장보러 들어간 가게 앞에서, 비 오는 날 차 안에서 늘 나를 기다려줘서. 나를 도시와 시골을 모두 좋아하는 사람으로 만들어줘서.

우리가 묵은 저택.

산책로는 호젓하고 정원에는
지역 사진 작가의 작품이 전시돼 있었다.

숙박을 결정하게 해준 프로필 사진의 바둑이 타람.

4. 아픈 개를 보내 본 사람

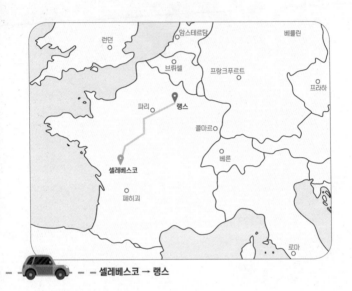

셀레베스코 → 랭스

가끔 몇 백 년 된 집을 수리하다 17세기 화가의 작품이 나왔다는
미술계 뉴스를 보는데, 그게 어떻게 가능하지? 했었다.
그러나 그 집이라는 데가 이런 집이면 가능할 것 같다.
구조도 복잡하고, 비밀 공간이나 모르는 공간이 곳곳에 있을 법하다.

어제, 고풍스런 저택의 넓은 앞마당에 주차하고 문을 열자 우리가 채 내리기도 전에 작은 강아지가 차 안으로 풀쩍 뛰어 들어왔다. 이런 환대가 있나. 도착하자마자 3개월령 강아지 레퓨즈의 귀여움 공격을 받고 이어 주인장 발레리와 프레데릭의 따뜻한 환영을 받았다. 두 강아지와 부부, 여주인의 아버지가 이 저택에 산다. 넓은 부지에 주 건물과 여러 부속 건물이 있는데, 부속 건물들은 갤러리, 화가들의 아틀리에 겸 레지던스로 사용한다고 했다. 지금은 병상에 누워 있는 발레리의 아버지가 예술가 협회를 만들었고 발레리 부부는 은퇴 후 이곳으로 왔다고 했다. 우리는 주 건물의 2층 중 일부를 사용했다.

주인장 발레리가 우리가 지낼 방을 안내해 주었다. 여기가 방, 여기가 욕실, 여기가 거실, 하는데 내가 다시 찾아올 수 있을까 싶을 정도로 문과 계단이 많고 복잡한 구조였다. 평생을 현관에 서면 집의 모든 구조가 한눈에 보이는 아파트에서만 살았으니 적응이 빨리 될 리가 없다. 방 안의 가구와 카펫, 찻잔과 냅킨 등은 호텔이라기보다는 앤틱 모으기에 취미가 있는 지인의 집에 와 있는 것 같은 느낌이었다. 기분 좋은 낯선 느낌이었다.

정원은 시원하게 확 터져 있으면서도 부속 건물들 사이사이로 돌아다니며 구경하는 재미가 있었다. 연두를 안고 나와 정원에 내려놓으니 탐색을 시작했다. 곧 타람과 레퓨즈가 와서 참견을 시작했다. 까와 나, 연두, 우리 셋은 이곳에서 아무것도 하지 않는 호사를 누렸다. 이렇게 아름다운 장소에 고풍스러운 방, 귀여운 강아지들까지. 완벽한 곳이다. 연두는 정원을 천천히 돌아다녔다. 발레리는 연두를 보자마자 이 녀석이 어딘가 아픈 걸 알아차렸다. 나도 알아차렸다. 발레리도 아픈 개를 보내 본 경험이 있군.

비만세포종 종양 제거 수술을 한 이후 곧 회복했지만 연두는 확연히 노견이 돼 가고 있었다. 간염으로 인해 간 영양제를 매일 먹어야 했다. 두 종류의 안약을 매일 넣어주어야 했다. 그래도 밥도 잘 먹고 산책 잘하고 배변도 잘하는 날이 이어졌다. 코로나19 때문에 포르투갈에서 국가 위기가 선포되고 모든 것이 멈춰 산책과 식료품 장 보기만 가능했던 봄날, 눈을 떴는데 내 눈 앞에는 연두의 뒤통수가, 그 앞에는 까의 뒤통수가 보였다. 우리 셋이 나란히 한 방향을 보고 자고 있었다. 그날 비추던 아침 햇살을 아직도 기억한다. 행복했고, 이런 순간이 그리 오래 가지 않을 것을 알았기 때문에 더 소중했다. 집 안과 근처에서만 보내야 하는 시간이 별로 힘들지 않았던 것은 연두 덕이었다. 우리는 강가와 들판을 돌아다녔고, 여기저기 피는 작은 들꽃을 관찰했고 새들도 유심히 바라보았다. 연두가 세심히 풀밭

연두, 타람, 레퓨즈.

냄새를 맡는 동안 나는 네잎클로버를 찾았다. 하루에 한 개 정도는 쉽게 찾았다. 까는 신기해 했지만 연두의 리듬에 맞추다 보면 자연스럽게 그리 되었다.

연두가 유난히 몸을 가려워하며 긁고 가끔 토하기도 해서 동물병원에 갔다. 새로 생긴 종양이 커지고 있었다. 조직검사 결과가 나오기까지는 오래 걸렸다. 국가비상사태가 한 단계 낮아진 지 얼마 안 되었을 때라, 완전히 멈춰 있던 포르투갈이 겨우 느릿느릿 돌아가기 시작하고 있었다. 처음 2주일은 나도 포르투갈 방식으로 참다가, 평소 멀미를 안 하는 연두가 별 이유 없이 차에 토한 날, 결국 머리가 열리고야 말았다. 짧은 포르투갈어로 동물병원에 전화해 검사 결과는 언제 나오냐고 물었다. 조금만 더 기다려보란다. 조직 검사를 자기네가 하는 게 아니고 검사실에 보내야 해서 그렇단다.

"아니, 그 얘기를 일주일 전에도 했고 3일 전에도 했잖습니까? 개가 아픈데, 이렇게 증상이 있는데, 검사 결과 나올 때까지 손 놓고 있으라니, 당신들이 검사실에 재촉할 수도 있는 거 아닌가요? 내가 직접 독촉할 수는 없지 않습니까?"

어버버거리는 말로 따진 결과인지 아닌지, 다음 날 검사 결과가 나왔다. 결과는 다시 비만세포종이었다. 그러나 피부 바로 아래 있었던 지난번 종양과는 달리 이번에는 종양이 더 안쪽에 있어 수술이 어렵다는 말을 수의사 텔마에게 들었다. 수술을 하면 다리 신경과 근육을 건드릴 수 있다는 것이다. 화학치료라는 옵션이 있었지만 정해진 기간 동안 화학치료를 해도 종양이 완전히 없어질지 아닐지는 확실하게 알 수 없다는 이야기가 이어졌다. 그리고 종양이 없어진다고 해도 재발할 가능성이 있다고 했다.

까와 나는 이틀 정도 고민하다가 화학치료는 하지 않기로 결정했다. 치료 과정이 너무 고된 데다가 연두는 간도 좋지 않기 때문이었다. 연두가 병원에서 오랜 시간을 보내는 건 원치 않았다. 나에게는 8시간이라도 연두의 신체 시계로는 며칠일 수도 있는 시간을 익숙치 않은 공간에서 여러 번 보내게 하고 싶지 않았다. 연두의 노년이 편안하길 바랐다. 무엇이 옳은 선택일까. 확신은 없었다. 연두가 원하는 게 무엇인지 직접 우리에게 얘기해주면 얼마나 좋을까. 우린 수의사도 아니고 전문가도 아닌데. 그저 우리가 연두를 가장 잘 아는 사람이니, 최선이라는 것은 없더라도 우리가 정한 선택지가 차선이라도 되길 바랐다. 우리는 반려인이 되길 바랐지만 가끔은 보호자가 돼야만 했다. 화학치료를 하지 않겠다고 하자 텔마는 증상에 대한 약을 처방해 주었다. 구토, 염증에 대한 약이었다. 연두가 먹어야 하는 약은 총 세 종류가 되었다. 그리고 여행을 가기 얼마 전부터 종양이 커지면서 진통제도 추가되었다.

코로나로 인한 록다운 기간,
우리는 들판을 함께 쏘다녔다.

연두와 산책 중 찾은 네잎클로버.

연두는 첫 번째 계단에 발을 내려놓긴 했지만
더 내려가진 못했다. 너는 나의 아령.

방 안에는 중국풍 찻잔에 맞춰
동양 느낌의 문양을 수놓은 냅킨이 준비돼 있었다.

이튿날 아침, 주인장이 우리만을 위해 화려하진 않지만 정성스러운 식탁을 준비해 주었다. 커피, 우유, 꿀, 갓 구운 빵, 크루아상, 몇 종류의 잼, 버터, 오렌지주스. 각 재료에 맞는 식기까지. 누군가 준비해 식탁에 차려준 아침을 먹는 게 얼마 만이지. 감탄하며 먹는 내게 까는 "내가 해줘야 하는데"라고 했다. 이건 반성일까 다짐일까. 뭘 바라겠소 내가. 난 아침형 인간이고 당신은 저녁형 인간인데.

시간이 있었더라면 우린 이곳에서 며칠 더 묵었을 것이다. 산들바람 부는 일층 현관에 연두 방석을 하나 깔아놓고, 난 그 옆에 자리잡고, 까는 정원을 몇 바퀴 달리고, 연두는 냄새 맡고 싶을 때 냄새 맡고, 걷고 싶을 때 걷고, 자고 싶을 때 자고. 난 멍하니 하늘과 나무를 바라봤을 것이다. 이곳에서 산책하는 연두 사진을 지금 다시 보니, 내 개가 너무 그립다.

우린 북쪽으로 출발했다.

5. 도시의 인상은 개가 정한다

- - - ▶ 랭스 → 프랑크푸르트

연두는 아마 '이 인간들이 왜 이렇게 집을 자주 옮기지…
먹을 것을 못 구해서 이리 옮겨 다니나'라고 생각할 것이다.
내일이면 당분간 한 집에서 머물 테니 쉬렴.
오늘의 여정은 450킬로미터. 국경을 세 번 넘었다.
프랑스-벨기에-룩셈부르크-독일.
룩셈부르크 이치그Itzig라는 작은 마을에 잠깐 멈춰서
음료 한 잔을 마셨다. 주인장이 영어를 못한다기에 옆에 있던
손님이 영어-불어 통역을 해줬는데,
알고 보니 그 주인장은 포르투갈 사람이었다는!

우리는 어제 500킬로미터를 달려 랭스Reims에 왔다. 랭스 역시 내가 선택한 장소인데, 이곳에 있는 대성당이 궁금해서다. 랭스 대성당은 프랑스 왕의 대관식이 열리던 곳으로 유명하다. 고딕 양식 건축의 대표적인 곳으로, 사진으로만 보던 곳을 실물로 보고 싶은 마음이 있었다. 전날 오후 늦게 랭스에 도착해 좀 쉬다가 잠깐 도시 산책, 이튿날 오전 대성당에 갔다.

아니, 사진으로만 보던 곳을 실물로 보다니, 감격이야! 할 줄 알았는데 아니었다. 뭔가 심드렁한 기분. 그렇다. 우리 셋은 모두 피곤했다. 하룻밤 자고 이동, 또 하룻밤 자고 이동하는 식의 여행은 적어도 10년 전에 했어야 하는 걸로. 짐을 쌌다 풀었다 하는 사람들이 연두는 못마땅했을 것이다. 새로운 곳에 도착하면 냄새 맡고 익숙해져야 하는데, 그럴 틈도 없이 떠나버리니. 내일부터는 푹 쉴 수 있어 연두. 랭스가 샴페인 생산의 중심지니까 하랄트에게 선물도 할 겸 몇 병 사 가야지 했던 계획은 마침 일요일이라 깨져버렸다. 1시가 넘으니 문을 연 가게가 하나도 없었다. 포르투갈 마트는 일요일에도 열기 때문에 방심했다.

오늘 우리는 국경을 세 번 넘어야 한다. 자동차로 유럽의 국경을 넘는 건 너무 아무렇지도 않으면서 동시에 신기하다. 차는 가던 길을 계속 가는데 경계선도 없고 푸른 바탕에 둥글게 별이

랭스 대성당.

대성당 뒤편 정원에는 개들과
산책하는 사람들이 많았다. 여유롭게 여행했더라면
천천히 연두와 둘러봤을 것이다.
연두의 흔적도 조금 남겨놓고.

랭스 시청.

모여 있는 유럽연합 표시에 국가 이름 써 있는 표지판 하나 서 있는 게 전부다. 1킬로미터 후에 나라가 바뀐다고 써 있긴 한데 정작 1킬로미터 가보면 아무 표시가 없는 경우도 있다.

유럽연합이 생기기 전, 스페인-포르투갈 국경을 걸어서 넘은 적이 있다. 그때도 두 나라의 경계선에는 아무도 없는 국경 검문소만 덩그러니 있을 뿐 국경을 넘어가는 과정이랄 게 없었다. 섬이나 다름없는 나라 출신이다 보니 엄청 감격하며 걸어서 국경을 넘은 기억이 난다. 유럽연합 이후에는 유럽 내 국경이 더욱 의미가 없어 보인다. 내가 다른 나라로 넘어왔구나 하는 건 도로 이름이 그 나라 방식대로 바뀌어 있고 도로 표지판의 글씨 폰트가 달라지면서 알게 된다. 그리고 휴대전화 통신사에서 어느 나라에 온 것을 환영한다며 요금 안내 문자 보낸 것을 보고야 실감한다.

그러나 이번 여행에서 까는 국경 넘기에 대한 걱정을 조금 했다. 팬데믹 상황이 선포되고 나서 얼마 지나지 않아 있었던 유럽의 살벌했던 상황을 떠올렸던 것이다. 실제로 2020년 3월 17일부터 7월 1일까지 스페인과 포르투갈 사이의 육로는 막혀 있었다. 일하러 출퇴근해야 하는 경우나 여행 나왔다가 집으로 돌아가는 경우 외에는 국경을 넘을 수 없었다. 스페인-프랑스 국경 역시 이보단 짧은 기간이었지만 닫혀 있었다. 우리가 여행을 떠나던 때는 3, 4월 같은 확산세는 수그러들었지만 여름 휴가가 끝나면 다시 2차 유행이 시작될지도 모른다고 했다. 프랑스와 스페인 정부는 국경을 폐쇄할 계획은 없다고 계속해서 강조했지만 걱정공장 공장장인 까는 약간의 걱정을 일정량만큼 꾸준히 했다.

되돌아 생각해 보면 나는, 연두 걱정에 코로나19 걱정은 거의 안 했던 것 같다. 매일 시간 맞춰 약을 먹이고, 어떻게 하면 약과 밥을 모두 잘 먹일 수 있나 고민하고, 내 눈에도 보일 정도로 커지는 종양의 크기에 심란해 하고, 말라가는 몸에 종양은 커지니 맘 편히 쓰다듬을 수 있는 부분이 줄어 막막했다. 윤기를 잃어 푸석해지는 털에 속상했다. 그러면서도 연두 앞에서 슬퍼하고 싶지 않았다. 아픈 개를 돌본 경험이 없는 까에게는 의연하고 싶었다. 울고 짜고 하지 않으며 이 상황을 받아들이고 싶었다. 연두와의 날들을 최대한 즐기고 싶었다. 개들이 매일매일을 즐기듯.

내 머리는 걱정 총량의 법칙에 따라 돌아갔다. 손 씻고, 마스크 쓰고, 실내 식당에서 외식하지 않고, 사람 많은 곳 가지 않는 것만 지켰을 뿐, 전염병 자체에 대한 걱정이나 공포는 상대적으로 적었던 것 같다. 어쨌든 연두는 식성이 조금씩 까다로워졌을 뿐 잘 먹었고, 약을 점점 싫어하게 되었지만 고기를 더 좋아했으므로 고기를 먹기 위해 약도 먹었고, 잘 잤고, 잘 배변했다. 다만 예전만큼 잘 걷지 못할 뿐이었다.

우리는 450킬로미터를 달려 프랑크푸르트에 도착했다. 하랄트는 우리 셋을 반갑게 맞아주었다. 나는 연두에게 이제 3주일 동안은 이동하지 않아도 된다고 말해 주었다. 알아들었을까? 이 녀석은 나와 까와 함께 있으면 어디든 괜찮다고 했겠지.

우리 셋은 하랄트의 이웃 레나트, 반려견 바스코와 인사했다. 고슬고슬한 곱슬 털이 한가득인 검은 개 바스코는 우리 발치에 앉아 푹신한 머리와 몸을 쓰다듬게 허락해 주었다. 덩치가 커 보여 30킬로그램 정도 되는 대형견일 줄 알았더니, 몸의 반은 털이다. 만져보니 몸이 의외로 늘씬하다. 말수가 적지만 푸근한 미소를 지닌 레나트는 하랄트네 주택 조합의 관리인이기도 한데, 레나트가 건물과 정원을 돌아볼 때 바스코는 늘 그림자처럼 옆에 있었다.

내게 어떤 장소의 인상을 결정하게 하는 것은 그곳의 동물들일 때가 많다. 비 오고 구질구질한 날씨의 런던만 알다가 화창한 런던에 도착한 재작년 여름, 숙소에 도착한 뒤 동네 공원을 산책하던 중이었다(연두는 연두 팬클럽 회장 격인 지인 아나가 돌봐주었다). 막 공원에 도착한 한 커플의 잉글리시 불도그가 나와 눈이 마주친 다음, 내 눈빛이 호의적인 걸 눈치챘는지 꼬리와 엉덩이를 마구 휘저으며 다가와 내 발치에 앉았다. 큼직한 머리를 쓰다듬어주고 나니, 난 런던이 너무 좋아졌었다. 스페인의 쿠엥카Cuenca(카스티야라만차 지방의 도시. 마드리드에서 동쪽으로 약 170킬로미터 떨어져 있다. 절벽에 지어진 집들로 유명하다)와 레온 León(이베리아 반도 북서부, 카스티야이레온 지방의 도시. 카미노 프랑스길에 포함돼 있다) 같은 도시도 내게는 그곳에서 만난 개와 사람들의 인상으로 각인돼 있다. 풍성하고 검은 곱슬머리 안의 따뜻한 갈색 눈과 인사를 하고 나니, 난 프랑크푸르트가 편안해졌다.

바스코. 북슬북슬한 검은 털 뭉치 안의 따뜻함.
내 비루한 휴대폰 카메라로는
이 녀석이 잘 나오게 찍을 수가 없었다.
내게 어떤 장소의 인상을 결정하게 하는 것은
그곳의 동물들일 때가 많다.

6. 나이든 사람에게 좋은 건
나이든 개에게도 좋다

드디어 프랑크푸르트. 연두도 나도 지쳤다.
연두야 아픈 녀석이 멀리 오느라
영문도 모르고 집을 바꾸느라 피곤할 테고,
난 어제 도착해서 집 구조 익히고
무슨 일인지 새벽에 잠을 설치고,
연두 약 먹이기 연속 실패로 피곤.

전날 저녁에 도착한 우리는 하랄트의 환대도 받고 안내도 받았다. 그가 사는 아파트에 대한 안내. 그는 프랑크푸르트 동물원 근처의 5층짜리 아파트에서 살고 있는데, 이사한 지 2년 정도 되었다. 하랄트와 친구, 지인들이 모여 조합을 만들고 오래된 건물을 리모델링해 입주했다. 까가 20대 초반일 때부터 친구로 지낸 하랄트는 내 아버지와 비슷한 연배인데, 결혼을 하지 않았고 자녀도 없다. 혼자 산 지 오래된 그와 비슷한 상황의 사람들이 모여 그들이 살기 좋은 거주지와 환경을 만들었다. 거주자들 중에는 어린아이가 있는 젊은 부부도 있었지만 대부분은 하랄트 연배였다.

오래된 건물을 리모델링해서 건물 입구의 계단을 없애고, 엘리베이터는 휠체어는 물론이고 이동용 침대까지 들어가는 크기로 교체했다. 한 층에 2세대가 들어가는 5층짜리 건물 네 동이 이 조합 소속이다. 공용 자동차가 두 대 있어서 자동차가 필요하면 미리 예약을 해서 사용한다. 건물과 큰길 사이, 건물 뒤편 공간에는 정원을 꾸며놓았는데, 이 역시 순번을 정해 물을 주고 관리한다. 책을 모아 놓은 입주자용 도서관이 있다. 세탁기와 건조기는 지하실에 설치돼 있어서, 열 가구가 세탁기 세 대와 건조기 한 대를 함께 사용한다. 건물의 옥상 테라스나 정원에서 함께 생일을 축하하기도 하고, 페탕크petanque(공을 가능한 최대한 표적에 가깝게 던져 경기하는 남부 프랑스 기원의 구기 스포츠) 게임을 하기도 한다.

연두가 계단을 잘 오르내리지 못하게 되면서 나는 계단 없는 건물이 얼마나 소중한가를 알게 되었다. 그 계단의 수가 두세 개 정도라도 연두를 안아 올려 계단을 오르거나 내려야 한다. 다행히 까와 내가 사는 집은 계단을 지날 필요가 없는 구조이다. 그러나 포르투갈의 3~4층 아파트 중에는 아직도 엘리베이터가 없는 건물이 꽤 있고, 엘리베이터가 있더라도 현관까지 가려면 계단을 몇 개 오르내려야 하는 경우가 많다. 이는 한국의 아파트도 마찬가지인 것 같은데, 경사로가 마련돼 있더라도 어느 정도는 불편할 것 같다. 나에게 아무것도 아닌 계단 한두 개가 누군가에게는 큰 장벽이다. 나야 9킬로그램 정도의 개를 번쩍 안아 올리면 그만이지만, 더 큰 개라면? 개가 아니고 사람이라면?

내가 열 살 무렵에 살던 아파트는 엘리베이터가 매 층마다 서지 않고, 두 층의 중간에 섰다. 6층에 살면 6과1/2층에 내려 계단을 내려와야 하는 식이었다. 나와 오빠는 그 계단을 한 번에 몇 칸씩 뛰어내릴 수 있는지 가늠하며 놀곤 했다. 그러나 모두가 우리처럼 계단에서 뛰며 놀 수 있는 것은 아니었다. 우리 가족과 친했던 이웃 노부부 중 아저씨가 휠체어 없인 거동이 불가능하게 되면서, 계단을 오르내릴 수 없게 됐고 이후 몇 년을 거의 집에서만 보내셨어야 했다. 지금 같으면 뭔가 대책을 마련했겠지만, 그때는 이동이 불편한 분들을 위해 아파트에 뭔가를 설치한다거나 바꾸는 분위기가 아니었나 보다. 꽤나 성품이 호탕하셨던 부부가 아파트 계단 여덟 개에 라이프스타일이 확 바뀐 것을 보면. 결국 병세가 악화돼 요양병원에 입원하실 때까지 바깥 나들이를 쉽게 하지 못하셨다.

두 층의 중간에 엘리베이터가 서는 방식의 건물은 며칠 뒤 프랑크푸르트 근교에 사는 까의 동생네 갔을 때 만나게 된다. 옛날에 살던 아파트가 기억난 것도 그 때문이다. 그 집에서 연두가 밖에 나가려면 엘리베이터까지 계단 반 층, 내려서 바깥까지 계단 몇 개를 지나야 했다. 물론 내가 안고. 난 괜찮다. 운동한 보람이 느껴지기도 하니까. 어쨌든 나이든 사람에게 편한 건 나이든 개에게도 좋다. 계단 없는 평평한 길도, 푹신한 방석도.

아침 일찍 여행길에 올라야 하는 하랄트가 일어나자 연두도 일어났다. 이 녀석은 아직 집에 적응이 안돼 새벽부터 여기저기 냄새 맡고 하랄트 뒤를 부지런히 따라다녔다. 그런데 막상 아침 산책을 나가자 거의 걷질 못했다. 피곤이 쌓인 걸까. 늘 잘 먹던 약+캔 사료 조합을 먹지 않는다. 약을 섞지 않은 사료는 잘 먹는 것을 보니 식욕이 떨어지진 않았다. 그나마 다행이다. 연두가 약을 안 먹으면 애가 탄다. 제 시간에 진통제를 안 먹으면 아프지 않을까. 종양이 더 빨리 커지면 어떻게 하지. 나도 괜히 아픈 것 같다. 까가 동네 탐색에 나선 동안 난 집에서 연두와 함께 누워 있었다. 푹 쉬면 괜찮아질 거라고 연두와 나 스스로를 다독였다.

하랄트네 동네 풍경.

하랄트네 베란다에서 내려다본 아파트 단지.
화단을 돌보는 레나트.
바스코는 저 나무그늘 어딘가 앉아 있을 것이다.

7. 어르신 약 드셔야죠

오늘 아침에 일찍 일어나 약을 주고 (캔사료를 바꿔 봤더니 잘 먹는다)
산책을 하는데, 연두 발걸음이 가볍다. 동네 한 바퀴를 크게 돌았다.
오늘은 밥도 계속 잘 먹고 걷기도 잘 걷고 잠도 잘 잤다.
잘해주어 고맙다 연두.

까와 나는 원래 여행을 느긋하게 하는 편이긴 하지만 서울을 제외하고 3주 이상 한 도시에서만 지내는 건 처음이다. 역병 이전의 이야기이긴 하지만, 포르투갈이 한 달 살기 목적지로 인기 있는 곳이고, 우연히 알게 된 한 작가분이 우리 동네 멀지 않은 곳에 방을 얻어 두어 달 지내며 글을 쓰신다고 하길래 의문이 생겼다. 남들이 일상의 부산스러움에서 멀어져 글 쓰러 오는 곳에 사는 나 같은 사람은 어디서 글을 쓰고 어디서 한 달 살기를 하지? 더 한가한 장소를 찾아야 하나? 아님 아예 사람 많은 대도시? 아니면 지금 이곳만 아니면 다 되는 건가? 이건 마치 어릴 때 품었던 '동해안에 사는 사람은 여름에 어디로 놀러 가지?' 같은 궁금증이다.

까가 은퇴하고 하랄트가 우리에게 집을 내어주면서 내게도 한 달 살기 비슷한 것을 해볼 기회가 생겼다. 물론 글쓰기를 위한 여행은 아니다. 어차피 이번 여행은 까의 은퇴 기념 여행이면서, 감염병 시대의 프랑크푸르트 3주 살기다 보니, 애초에 이것저것 하려는 계획은 없었다. 까는 백수 되는 연습을 하고, 나는 곧 은퇴할 남편과 평화롭게 관계 유지하는 연습을, 늘 살던 곳이 아니라 새로운 곳에서 해보는 것. 연두 컨디션 조절 잘해가며 무탈히 집에 돌아가는 것. 이 정도가 우리의 계획이었다.

결과적으로, 장소를 바꾸면서 우리는 생활습관을 좀 바꾸었다. 집에 있었으면 점심, 저녁 모두 직접 해먹었을 것이다. 게다가 대부분 포르투갈 식으로. 실제로 3월에 시작한 국가 비상사태 동안 그렇게 생활했다(여기서 잠깐 한숨. 휴). 지금 내 뱃살의 일부도 그때 생겨·자리잡았다. 포르투갈에는 배달 음식이 그리 다양하지 않고 그마저 리스보아 시내에 살아야 배달이 가능하다. 내가 사는 근교는 피자와 포르투갈식 구운 닭(후라이드 치킨 아님) 정도만 배달, 포장이 된다. 그러나 하랄트네 동네는 태국, 베트남, 티베트, 이탈리아, 터키 등 다양한 국적의 소규모 식당이 많다!(내게도 이런 날이) 여행 온 기분 낸다는 핑계로 이것저것 시도해 보자고 까를 잘 구슬려 여러 국적의 음식을 포장해 와 먹었다. 어두워지면 포르투갈에서 보기 힘든 고층 건물이 밤하늘을 밝히는 걸 보면서, 베란다에 앉아 맥주 한 병 혹은 화이트와인 한 잔, 아몬드나 치즈 같은 간단한 음식으로 저녁을 대신했다. 이때 시작한 저녁 간단히 먹는 습관은 집에 돌아온 지금도 계속되고 있다. 새로운 환경은 새로운 습관을 만든다.

그리고 새로운 환경은 새로운 입맛을 만든다. 비슷한 캔사료인데 집에서 가져온 건 안 먹고 여기서 산 건 먹는다. 그래. 너도 매번 똑같은 거 먹기 싫어졌겠지. 입 짧고 예민한 개와도 살아 봤기 때문에 연두가 그동안 약을 섞어주건 아니건 아무거나 잘 먹었던 것이 얼마나 대단한 복인가 잘 알고 있다. 간염 때문에 많이 아팠을 때도 밥은 잘 먹던 녀석이었기 때문에 어제는 (약이 들어간) 캔사료를 안 먹는 것에 적잖이 당황했다.

모든 개가 성격이 다르니 약 먹는 방식도 다르겠지만, 연두는 꾀 부리지 않고 잘 받아먹어서 '우리 멍멍이는 밥도 약도 잘 먹지'하며 기특해 했다. 그러나 점점, 아파서 그런 거겠지만, 약을 안 먹기 위해 꾀를 부리는 일이 늘어났다. 약을 먹어야 안 아프지 이 녀석아! 누나 속상하게! (대부분의 노견 가족은 이미 알고 있겠지만) 약 먹이는 노견 가족들에게 혹시라도 도움이 될지도 모르니 연두에게 어떻게 약을 먹였나 시간순으로 정리해 본다.

1. 평소 먹던 간 기능 건사료에 약을 톡 섞어준다. 잘 먹는다. 어느 순간 이 방법이 통하지 않는다. 다음 번호로 넘어간다.

2. 습식 캔사료에 약을 섞은 뒤 건사료와 함께 준다. 역시 잘 먹는다.

3. 약을 섞은 습식 사료를 먼저 준다. 배고프니까 일단 다 먹는다. 그리고 부족한 양만큼 건사료를 더 준다.

4. 땅콩버터나 꿀에 갠 약을 환 모양으로 만들어 닭고기, 사료 등과 함께 섞어 준다. 하루 지나니 약을 섞은 환만 쏙 남겨놓아 딱 하루 가능했던 방법.

5. 입에 약을 넣고 잼싸게 주둥이를 잡고 코에 바람을 불어넣으며 목을 아래로 한두 번 쓸어준다. 동물병원에서 이렇게 약을 먹이

는 걸 보고 따라 한 건데, 그들은 전문가고 나는 아니라 안 되는 건지, 연두는 주둥이가 긴 개라 어려운 건지, 삼키는 것 같다가도 톡 하고 약을 뱉어내는 바람에 포기.

6. 가루 낸 약을 땅콩버터나 꿀에 갠다. 간식 넣어주는 척 하며 입천장에 쓱 묻힌다. 그러고 나서 5번과 같은 방법. 장모견일 경우 주둥이 털이 지저분해지기 쉬운데다가 개-인간 관계를 깨트릴 위험이 있는 방법이라 판단, 곧 포기.

7. 닭가슴살을 익혀 잘게 찢어놓는다. 적당한 크기로 자른 알약을 닭가슴살에 감싼다. 약을 안 넣은 닭고기를 한두 조각 먼저 주어 식욕을 돋군다(사실 연두의 식욕은 늘 돋궈져 있다). 약이 든 닭고기를 준 다음 알아채고 뱉어내기 전에 잽싸게 약이 안 든 닭고기를 준다. 속도 조절이 중요하다. 약이 하나 이상일 경우 미리 먹여야 할 분량의 약을 준비해 고기로 감싸놓는다. 알약을 가루로 만들 필요가 없으면서도 성공률이 꽤 높은 방법. 약을 만진 손을 잘 씻어 개코가 약 냄새를 미리 맡고 닭고기를 거부하지 않도록 한다. 사실 알면서도 속아주는 것 같기도 하다. 다 먹인 다음에 떨어트린 약이 없나 바닥을 확인하는 것은 필수.

연두는 심장과 발 때문에 늘 체중조절을 해왔으므로 식탐이 많았고, 거의 마지막 순간까지도 식욕을 잃지 않았다. 그래서 7번 같은 방법이 잘 통했던 것 같다. 그리고 연두가 더 이상 식욕이 없었을 때, 나는 마지막이 가깝다는 걸 받아들였던 것 같다.

뢰머 광장Römerplatz에서 집에 가는 길, 유대인 묘지가 있었다.

묘지 담벼락에 작은 벽돌같이 튀어나온 구조물에 홀로코스트 때

희생된 사람들 이름이 새겨져 있었다.

그중 안네 프랑크의 자리에는 돌멩이들이 몇 개 더 올라가 있었다.

13세기부터 있던 묘지가 19세기에 폐쇄됐고 2차대전 중에는

거기 있던 비석도 모두 파헤쳐져 파괴됐다.

죽음, 생명, 증오, 존중, 기억 등이 모인 묘한 장소였다.

시내 곳곳에는 한때 그곳에 살았다가 강제로 끌려나간 유대인의

이름, 생몰 연대, 죽은 장소 등을 적은 청동판이 길바닥에 박혀 있었다.

뢰머 광장에서 하랄트의 집으로 걸어가는 길, 뵈르네 광장 Börneplatz 근처 한 담장에 작은 육면체의 돌이 빼곡히 박혀 있었다. 돌들의 한 면에는 누군가의 이름, 생몰연대와 장소가 적혀 있었다. 독일이라는 점, 장소에 아우슈비츠, 트레블링카 같은 이름이 써 있었던 점으로 보아 나치에게 희생당한 유대인을 기리는 기념물임에 분명했다. 구글맵을 찾아보니 담장 안은 '구 유대인 공동묘지'였다. 철문 틈으로 풀밭 위에 흩어진 비석들이 군데군데 보였으나 문은 닫혀 있었다.

궁금함은 잠시 접어두고, 까와 나는 유대인 공동묘지 옆에 있는 유덴가세Judengasse(유대인 지구) 박물관부터 방문했다. 프랑크푸르트의 유대인 거주 지역에 대한 시청각자료와 설명에는 공동묘지에 대한 안내도 있었다. 그리고 '방문을 원하면 매표소에 문의하세요'라는 문구가 있었다. 우린 신분증을 맡기고 철문의 열쇠를 받아 공동묘지 안으로 들어갔다.

나무 아래 풀밭에는 프랑크푸르트에서 흔히 볼 수 있는 적갈색 돌로 만들어진 비석들이 군데군데 서 있었다. 그러나 온전한 비석보다는 깨져서 형체를 알아볼 수 없는 붉은 돌이 더 많았다. 이곳의 비석 중 가장 오래된 것은 1272년에 만들어졌고, 1828년까지 이곳은 공동묘지로 사용됐다고 한다. 1939년, 유대인들은 가족의 무덤을 포함한 모든 재산을 프랑크푸르트 시에 넘겨야만 했고, 곧 이곳의 묘지와 비석들은 파괴되었다. 1990년대에 유대인 공동묘지에 대한 연구가 진행돼, 비석에 새겨진 히브리어 문구, 디자인, 문양 등이 기록, 연구되었다. 유덴가세 박물관은 이 내용 중 일부를 소개하고 있다.

조용한 장소였다. 나무가 만들어주는 그늘과 8월의 햇빛이 만나 섞여있었고 붉은 비석과 녹색 풀밭이 서로를 더 진하게 만들어주었다. 주인을 모르는 깨진 비석 위로 이끼와 아이비가 자라났다. 죽음과 삶, 폭력과 기억이 공존하는 곳이었다. 우리는 한참 동안 비석 사이에 머물렀다.

잊지 않으려는 노력이 또 있다. 거리 곳곳, 인도의 돌 사이에 자리잡고 있는 슈톨퍼스타인. '발에 걸리는 돌'이라는 뜻의 작은 청동판은 군터 뎀니히Gunter Demnig라는 예술가가 1990년대에 시작한 프로젝트로, 1996년에 첫 '걸림돌'이 설치되고 나서 아직도 이어지고 있다. 나치 집권 시대에 희생된 유대인뿐만 아니라 집시, 흑인, 장애인, 반체제 인사 등을 기억하여 그들이 살던 집 앞에 이름을 비롯한 기타 사항들을 새겨 설치해 놓는다. 베를린에서 시작된 가로세로 10센티미터 청동판들은 현재 75,000개 넘게 유럽의 여러 국가에 설치됐다. '홍길동이 이 집에 살았다. 1900년에 태어났고 1943년에 이 집에서 끌려나가 아우슈비츠에서 사망했다' 같은 문구가 새겨 있다. 이러한 추모 방식에 반대하는 사람도 물론 있다. 죽은 자의 이름을 발길에 채이게 바닥에 새겨놓을 수 없다는 이유다. 뮌헨에서는 이 슈톨퍼슈타인 설치가 금지되었다.

그러나 난 기억하는 방식으로 작은 청동판이 훌륭하다고 생각한다. 내가 늘 지나는 곳에 권력의 이름으로 희생된 사람이 살았다는 사실을 알고 이름을 읽는 것 말이다. 그들의 이름을 읽으려면 발걸음을 멈추고 고개를 숙여야 한다. 모르는 사람이라도, 나와 관계없는 사람이라도, 내가 이름을 읽으면 그 사람은 잊힌 것이 아니다. 평범한 거리의 평범한 집의 평범할 수도 있었던 희생자들. 누구라도 희생자가 될 수 있고, 나도 자칫하면 가해자가 될 수 있음을 깨닫게 된다.

20년이 넘는 시간 동안 75,000개 이상의 슈톨퍼슈타인이 만들어진 것은 군터 뎀니히가 모두 혼자 해낸 것이 아니었다. 희생된 유대인들에 대한 다큐멘터리를 보던 평범한 시민이 자신이 거주하는 건물에 집단수용소로 끌려가 희생된 유대인들이 살았었다는 것을 알게 돼 군터 뎀니히에게 정보를 주었다. 혹은 지역사를 연구하던 아마추어 역사가가 집단수용소로 끌려간 집시, 동성연애자, 흑인 등에 대한 이야기를 전해주기도 했다. 유대인이 아니더라도 장애가 있을 경우 시설에 강제수용되기도

바톤스트라세Battonnstrasse의 구 유대인 공동묘지 담장.

희생된 유대인들의 이름, 죽은 장소와 날짜 등이 새겨져 있고,
그 위엔 추모하는 의미의 돌멩이들이 놓여 있다.

했는데, 이를 기억하던 가족들의 의뢰도 이어졌다.

청동판은 모두 수공으로 제작된다. 나치의 학살은 비인간적인 대량 방식이었으므로 희생자를 기리는 방식은 수작업이어야 한다는 이유 때문이라고 한다. 모두 각자의 기억 방법이 있다. 누군가는 돌에 새겨서, 청동판에 새겨서 기억한다. 누군가는 성당에 가서 초에 불을 붙인다. 누군가는 매년 제를 지낸다.

어젠 쌩쌩하던 놈이 오늘 아침에는 아팠다. 기운이 없는 게 아니라 아파했다. 평소보다 이른 시간에 약을 주었고 얼마 후 연두는 안정을 되찾았으나 그동안 개는 아파했다. 태어났으면 다 죽고, 죽기 전에는 고통을 겪는 게 당연하지만 내 개에게는 그 시간이 짧길 바랄 뿐이다.

까와 나는 우리 개를 기억하기 위해 농담을 한다. 개가 살아 있었을 때 하던 실없는 농담을 하며 피식 웃는다. 개의 빈자리를 함께 느낀다. 혼자 슬퍼하고 있지 않다는 점에 위안을 찾는다. 함께 기억하므로 우리는 서로의 힘이 된다.

프랑크푸르트의 슈톨퍼스타인.

유대인 공동묘지 안, 히브리어가 새겨진 묘비들.

파괴되어 돌무더기로 남은 비석 조각.

9. 우리가 만난 날

연두 하루 종일 무탈.

마음 편히 슈테델 미술관 다녀옴.

약 먹일 시간도 다가오고 니도 피곤해서 4시간 후 집으로.

코로나 이후 집에 있는 시간이 길어지면서 체력이 확 떨어졌다.

개 약 챙기기 정신 없어 내 약을 깜빡했다. 아이고 도가니야.

포르투갈로 돌아가기 전에 한 번 더 방문 예정.

감염병으로 인해 사회 생활이 줄고 집에 있는 시간이 늘면서 우울감을 느끼는 사람이 많다던데, 다행히도 난 그럴 겨를이 없었다. 연두와 까가 늘 근처에 있었기 때문이다. 이 둘은 개와 사람이라는 종 차이에도 불구하고 여러 공통점이 있다. 털이 많고 금발이며 코가 크다. 그리고 집에서 나를 쫓아다닌다. 먹을 거 달라고, 뽀뽀해 달라고. 그러나 두 남자가 내 곁에 있는 것을 불평할 수는 없다. 7년 전의 나를 돌아보면 더욱 그렇다.

포르투갈로 이사 오고 나서의 설렘과 낯선 즐거움은 점점 작아지고, 포르투갈어를 배우느라 바빴던 날들이 끝났다. 어학당을 다니며 사귀었던 친구들은 자기네 나라로 돌아가고, 난 첫 번째 책의 원고를 마무리했다. 즉 나는 리스보아 근교의 심심한 도시에서 심심하게 살고 있었다. 까는 포르투갈의 기준으로 보자면 가혹할 정도의 야근과 주말 근무로 꽉 찬 생활을 하고 있었다. 모르는 외국인에게 쉽게 먼저 말을 걸지 않는 포르투갈 사람들 사이에서 난 투명인간처럼 살았다. 집 옆 공원에 가서 고슴도치와 오리들 구경하는 게 유일한 낙이었다.

그러던 어느 날, 산책하던 어르신과 흰색 푸들을 만났다. 흰 푸들은 내게 꼬리를 흔들었고, 쓰다듬어줘도 되냐고 물었더니 어르신은 흔쾌히 "그럼 그럼! 안 물어."라고 대답하셨다. 열네 살 먹은 흰 푸들 피루사와 할아버지가 내가 사귄 첫 번째 동네 친구였다.

그 즈음 난 개 입양에 대해 알아보기 시작했다. 지역마다 있는 유기견 보호소도 알아보고, 사설 유기견 보호기관 홈페이지도 들락거렸다. 그러나 까는 부정적이었다.

"우린 여행도 자주 가는데 어쩌려고? 한국 갈 때는 어떻게 할 건데?"

그렇지. 여행 갈 때 어쩌지? 특히 한국 갈 때? 그렇게 겨울이 한 번 더 지났다. 포르투갈의 겨울은 별로 춥지 않지만 우울하다. 실내 난방이 필수 시설은 아닐 정도로 딱 그만큼만 추운 곳의 미적지근하고 매력 없는 겨울이다. 야외 활동을 하기엔 비가 자주 오고 실내 활동을 안락하게 하기엔 실내 난방이 부실하다. 그렇게 겨울이 지나고 봄이 됐다. 난 내가 잘하는 걸 하기로 했다. 저지르기.

집 근처에는 마땅히 잘 운영되는 유기견 보호소나 사설 단체가 없어, 옆 도시 보호소의 홈페이지를 들락거리다가, 한번 가보기로 마음먹었다. 근교 도시들의 특징은 큰 도시로 가는 대중교통은 많아도 근교 도시들끼리의 연결은 부실하다는 점이다. 아직 차를 마련하기 전이고, 우버 같은 서비스도 활성화되기 전이라, 기차를 타고, 역에서 내린 다음 말들이 풀 뜯는 벌판을 가로질러 풀 무더기를 헤쳐가며 겨우 유기견 보호소에 도착했다. 점심시간이 끝나기 전에 도착했던 터라 밖에서 잠깐 기다리던 중 가슴이 철렁 내려앉는 광경을 만났다. 안락사한 개들의 시신을 옮기는 장면을 봐버린 것이다. 내가 턱을 떨어뜨릴 정도로 놀란 걸 보곤 보호소 직원이 아픈 녀석들이었다고 말했지만 내 가슴은 진정되질 않았다.

개들은 내가 들어가자 일제히 짖기 시작했다. 그중 유일하게 짖지도 않고 숨지도 않는 지푸라기 색의 개가 있었다. 나는 다가가 손등을 내밀었다.

"누나네 집에 갈까?"

개는 냄새를 맡더니 내 손을 핥았다. 우리의 첫 만남이었다.

보호소의 개들은 대부분 젊고 예뻤다. 왜 유기됐는지 이해가 안 될 정도로. 직원은 요즘 경제가 안 좋아서 버려지는 개들이 많다고 했다. 이민을 가면서 개를 포기하는 경우도 많다고 했다. 거기 있는 개들 중 연두는 딱히 예쁜 편은 아니었다. 난 생각했다. '모든 개가 예쁠 필요는 없지.'

"저 개를 데리고 갈게요."

사무실로 들어가 서류 처리를 했다. 이 녀석은 전 주인이 직접 보호소에 맡긴 경우였다. 나이는 다섯 살, 전 주인이 지어준 이름은 럭키라고 했다. 마이크로칩 삽입을 위해 내 정보와 개 이름이 필요했다. 난 잠깐 망설였다. 전화 한 통 하겠다고 하고 나와 까에게 전화를 걸었다. 이름을 뭘로 할까 물었더니 나 좋을 대로하라고 했다. 봄이었고, 들판이 온통 연둣빛이었다.

넌 이제부터 연두야.

시립 보호소에서 입양할 때 의무인 중성화 수술은 시에서 비용을 부담하기 때문에 보호소와 연계된 동물병원에서 하게 돼 있었다. 이틀 뒤로 날짜가 잡혔고, 이틀 뒤 수술이 끝나는 시간에 동물병원에 가서 연두를 찾아오기로 약속했다. 나는 다시 말이 풀 뜯는 벌판을 걸어 나왔다. 풀 무더기쯤이야. 기차를 타고 집으로 돌아오는 길, 오늘은 그냥 둘러보려고만 했었다는 걸 떠올렸다. 곧이어 생각했다. '어차피 데려올 거였잖아.'

연두를 기다리는 이틀 동안 서류 처리를 했다. 동사무소에 가서 등록비를 내고 동물 등록을 했다. 동물병원에서 연두를 데리고 올 때 사용할 이동장도 마련했다. 적당한 담요를 찾아놓고, 밥그릇, 물그릇, 사료도 준비했다. 개 돌보는 법에 대한 책도 사서 읽었다. 한국에서 부모님과 함께 살 때 개를 두 번 길렀지만, 이번에는 온전히 내 책임이라는 기분이 들어 준비를 잘해야 될 것 같았다.

책의 저자가 보호소에서 개를 데리고 오는 사람들에게 준 충

고는 다음과 같았다. '딱해라' 증후군을 조심할 것. 유기견이라
는 이유로 아이고 불쌍한 것, 아이 딱해라, 하지 말라는 이야기
였다. 그런 자세로 개를 입양해 지내다 보면 개가 올바른 생활
습관을 익히지 못해서 오히려 개-사람 관계가 나빠질 수 있다
는 것이었다. 성견을 입양하는 이에게 하는 이야기도 있었다.
어린 강아지들이 주는 보들보들한 귀여움은 없지만 성견은 대
부분 배변 습관도 어느 정도 잡혀 있고, 집단 생활에서 자기가
어떤 위치에 있는지도 본능적으로 아는 데다가 가구나 카펫을
망가뜨릴 가능성도 낮으니 성숙한 개-사람 관계가 생각보다
쉽게 만들어질 수 있다는, 성견 입양을 권장하는 이야기였다.
난 이 부분을 읽고 연두에게 어른 대접을 해주어야겠다고 다짐
했다.

　연두를 데리러 가는 날은 금요일 오후여서 까도 퇴근을 일찍
하고 나와 같이 갔다. 수술 때문에 아직 약에 취해 있는 연두를
차에 태웠다. 점잖았다. 집에 와서 밥을 줬더니 약간 어색해하는
것 같았지만 결국 잘 먹었다. 실외 배변을 하고, 집 안에서는 점
잖게 깔개 위에 자리를 잡았다. 누나랑 건강하게 딱 10년 살자!

　셋의 동거가 시작되었다. 나를 웃겨주는 인간, 나를 웃게 하
는 개, 그리고 웃는 나.

바닷가와 리스보아 시내 나들이.

연두는 중성화 수술을 의젓하게 견뎠다.
상처를 건드리지 않아 목에 찬 고깔도 이틀 뒤에 벗을 수 있었다.
보호소에서 엉켜 있던 털의 뭉친 부분만 잘라내는 바람에
털 길이가 제각각. 연두 인물이 빛을 발하기 전이다.
곧 태주 강 남쪽 최고의 미남견이 될 운명임을 아무도 몰랐다.

연두는 오늘도 무탈.

오전에 혼자 일찌감치 나와 서점 투어.

옥스팜 서점에서 인상주의 회화의 패션에 대한

전시 카탈로그 두툼한 놈 단돈 5유로에 득템.

바느질쟁이로서 좋아하는 보라색 견사 구입.

단 음식 애호자로서 달디단 바클라바(터키의 전통요리.

얇은 페이스트리 사이에 버터를 바르고 견과류를 넣어 구운 디저트)를

무려 10유로어치 구입.

이별은 언제나 빨리 온다.

나의 첫 번째 개 똘이는 늘 기운이 넘쳤다. 이 녀석이 열한 살 반이 됐을 때, 밥을 잘 안 먹기 시작했고, 동네 동물병원에서는 이유를 몰랐다. 큰 병원, 대학병원에 가보는 게 좋겠단 말을 했다. 예민해서 환경이 변하면 눈에 띌 정도로 다크서클이 깊게 생기는 똘이에게 그건 안될 일이라고 판단, 엄마는 이 아이를 매일 동네 병원에 데리고 가서 수액을 맞히고 집에 데리고 왔다. 난 그때 마침 세 달 동안 여행 중이었는데, 엄마는 내가 걱정할까 봐 병원에 매일 갔다는 얘기도 여행이 끝난 다음에서야 했다. 사실 우리 개는 겉으로 그다지 아파 보이지 않았다. 흰색에 갈색 점박이 바둑이었는데, 갈색이 좀 옅어졌을 뿐, 털도 윤기 많고 하얀데다, 눈물자국이나 노견 특유의 옅은 눈빛도 없었다. 그래서 난 어쩌면 이별을 더 준비 못 했을 수도 있다. 똘이는 내 품에서 마지막 숨을 내쉬었다.

아빠는 늘 죽기 직전까지 일하겠다고 하셨다. 환갑 이전까진 말이다. 예순 살 이후에는 30년 넘은 개업의 생활에 넌더리를 내셨다. 이상할 것도 없다. 존경스럽다. 회사를 3년 겨우 다니고 때려치운 뒤 회사원 생활은 할 것이 못 된다고 이일 저일 프리랜서 생활을 하던 내가 보기에는 더욱 그랬다. 아빠는 예순다섯에 병원을 정리하셨다. 그리고 잠깐 쉬는 동안 컴퓨터와 인터넷을 배우고, 인터넷을 통해 보건소 의사 자리를 구하셨다. 주 4일 근무, 그중 3일은 해당 지역 초등학교에 나가서 손주뻘 되는 아이들을 봐주면 되는 일이었다. 이 환자가 기본 치료만 해놓고 돈 안 내고 튈 인간인가 아닌가 신경 안 써도 되고, 손님 하나 소개해줬으니 내 이는 공짜로 해내라며 떼를 부리는 진상 환자가 없는 짧은 시간이었다. 일흔에는 보건소도 그만두셨다.

은퇴자의 삶에 미처 다 적응하기 전, 아빠는 입원했고, 1년 남짓 누워 계시다가 세상을 떠났다. 아빠의 부고 소식에 다들 너무 일찍 가셨다고 했다. 일흔이 됐을 때 아빠는, 예순이 되기 전에 돌아가신 당신 아버지보다도, 삼십 대 중반에 돌아가신 당신 형님보다도 훨씬 오래 살고 있으니 의학의 승리라고 했다. 아빠가 병원에 있었던 1년은 아픈 아빠와 간호하는 엄마에겐 길었고, 한 다리 건넌 사람들이 보기엔 짧았다. 누워 있는 아빠와 고생하는 엄마를 멀리서 봐야 하는 1년이 내겐 길었고 아빠라는 사람을 온전히 알기에 내 마흔셋 인생은 짧았다.

연두와 산 지 5년이 넘었을 무렵, 어쩌면 연두와의 이별이 내 생각보다 빨리 올지도 모른다는 생각이 들었다. 사실 다섯 살 넘은 성견을 입양하면서 "누나랑 10년 같이 살자"고 한 건 나의 허세였다. 그래도 내가 잘 보살펴주면 칠팔 년은 살 줄 알았다. 틀렸다. 일단 보살펴 준 쪽은 내가 아니라 나의 개였다. 나의 포르투갈 생활 중 생긴 기쁨 대부분은 연두가 내게 준 것이다. 연두는 내 절친이다. 누구보다도 연두와 보내는 시간이 길었다.

포르투갈에서 투명인간처럼 살던 나는 연두 덕에 인사 나누는 이웃이 생겼다. 강아지 얘기를 하다가 서로 근황도 나누게 됐다. 누군가 연두가 미용하는 곳에서 "그 중국 분이 데리고 다니는 개처럼 해주세요" 했다가 미용사분이 "그 세뇨라는 중국인이 아니라 한국인이고, 엄연히 다른 나라니 혼동하면 안 된다"고 했다는 얘기를 듣고 살짝 감동을 한 적이 있다. 난 동네에서 특이한 금발 개와 다니는 한국 여자다. 동네의 애견인들은 서로의 이름은 몰라도 서로의 강아지들 이름은 안다. 피루사, 스폿, 멜, 키카, 프레도, 심바, 니그라, 제우스, 데이지, 프린세사. 내 이름은 몇 년이 지나도 제대로 못 부르는 사람들이 연두 이름은 다 알고 정확히 발음한다.

연두의 남은 시간은 아직 모른다. 이별은 늘 빨리 왔다는 걸 돌이켜보면 난 지금 뭔가를 준비해야 할지도 모른다. 마음을, 이별 후의 내 생활을. 그러나 그게 어디 준비가 되는 것이었나. 그래서 난 연두와 보낼 하루를 준비한다. 일단 약 넣은 아침밥을, 그리고 산책을.

(2020년 8월 7일에 쓴 글. 연두와 이별하기 약 3주 전)

연두의 부드럽고 굽슬굽슬한 금발을 살리면서

집에 날리는 털을 최소화하기 위해 선택한 스타일.

당시 호날두의 머리가 대략 비슷했기 때문에

"호날두처럼 양옆을 밀고 위를 남겨주세요"라고 주문했다.

개를 미용하는 사람이 그리 많지 않은 우리 동네에서 연두는

꽤 알려진 패션 리더였다. 어르신들은

"그 녀석 털이 아주 모데르누(현대적인)구나"라고 했고

"갈기가 있네!"라고 하는 사람도 많았다.

시장의 단골 가게 아주머니는 연두를 "크리스티아누"라고 불렀다.

11. 연두의 흑역사

프랑크푸르트가 마드리드보다 더운 거 실화냐.

포르투갈은 낮이 아무리 쨍쨍해도 밤에 찬바람이 부는데

여긴 내륙이라 그런지 바람이 없다.

근교를 가자 식물원에 가자 했다가 아무것도 안하고 집에 콕 박혀 있음.

포르투갈 우리 동네의 여름은 낮에는 햇빛이 강하고 덥지만 해가 떨어지면 시원한 바람이 분다. 대서양에서 멀지 않고 큰 강바로 옆이기 때문이다. 때론 썰렁한 느낌이 들 정도. 여름이 길지만 밤에는 시원하기 때문에 더워서 힘든 날은 며칠 안 된다. 그러나 프랑크푸르트의 여름은 달랐다. 1년 내내 지내보지 않아서 잘 모르나 아마도 이곳의 여름은 짧을 것이다. 겨울이 길고 혹독하겠지만 그만큼 추위에 대한 준비가 잘 돼 있을 것이다. 그러니 여름에 대한 준비는 상대적으로 적을 것이다. 포르투갈의 바람 많은 더위에 익숙해진 우리에게 바람 한 점 없는 내륙의 더위는 힘들었다.

연두에게는 어디에서든 가장 쾌적한 자리를 찾아내는 능력이 있다. 바닷가에서는 바위 아래 시원한 모래 위(바위에 홍합이 붙어있으면 금상첨화, 가끔 오독오독 뜯어 먹는다), 시누이 집에서는 푹신한 빈백이나 햇빛 드는 소파 위, 여름 하랄트의 집에서는 햇빛이 가장 덜 드는 현관문 앞이다. 여행을 가면 가장 푹신한 자리에서 잠을 자고, 친척 집에 놀러 가면 그 집 고양이는 어딘가 숨어 있고 거실 소파가 연두 차지다. 이렇게 왕자님 노릇을 하는 연두지만 그에게도 흑역사가 있다.

연두가 집에 오고 난 다음, 연두의 과거가 궁금했다. 시립 보호소에서는 예전 주인이 직접 찾아와 맡겼다는 것과 대략의 나이, 예전의 이름만 알 수 있었다. 그러다 몇 번 둘러봤던 사설 보호소의 홈페이지가 기억났다. 거기에는 시립 보호소와 사설 보호소가 함께 개최한 입양 장려 이벤트 사진이 있었는데, 거기 연두가 있었다! 예전 주인이 나이 많은 분이었다는 것, 털 관리가 제대로 안 돼 엉켜 있었던 걸 보호소에서 가위로 잘라냈다는 이야기도 있었다. 이름은 나와 있지 않았지만 가위로 숭덩 잘라낸 털, 짧은 다리, 큰 코와 큰 귀, 딱 연두였다.

연두는 우리집에 온 뒤에도 한동안 나이 많은 남자 어른을 보면 꼬리를 흔들며 쫓아가곤 했다. 전 주인을 기억하나 싶어 짠했다. 혹시 몰라 예전 이름을 불러봤는데 별 반응이 없었다. 혹시 이름을 잘 안 불러줬나? 마음이 아팠다. 돌아보니 연두는 소리에 잘 반응하는 개가 아니었다. 천둥 치는 날에도 식탁 밑으로 숨지 않고, 청소기 소리를 들어도 꿈쩍 않길래 처음에는 정말 용감한 개를 입양한 줄 알았다. 그러나 시간이 지나면서 이 녀석이 청력이 썩 좋은 편이 아니라는 걸 깨달았다. 강가를 산책할 때 멀리 떨어져 있다 보면 이름을 부르는 것보다 두 팔을 번쩍 들어 휘저어야 반응이 오곤 했다.

우리 집에 오고 나서 반년 정도는 자기보다 큰 수놈 개를 유별나게 싫어했다. 하루는 산책 중 서로 냄새를 맡길래 인사를 하나 보다 했는데 연두가 "왕!"하고 짖었다. 목줄 쥔 손에 힘을 꽉 주었다. 다른 날은 연두가 다른 개에게 입질을 하려다 그만 두 개 사이에 끼어있던 내 허벅지를 문 적도 있다. 순식간에 일어난 일이었다. 다행히 두꺼운 바지를 입고 있어 다치진 않았지만 꼬집힌 것처럼 멍이 들었다. 한번은 큰 녀석에게 덤비다가 연두가 귀를 물리기도 했다. 수의사에게 물어보니 수놈은 더 큰 수놈에게 덤비지 자기보다 작은 개에게 덤비진 않는다면서 최대한 거리를 두라고 했다. 그리고 지금 환경에 익숙해질 때까지는 다른 개들이 없는 곳으로 산책하라는 조언을 들었다.

우리는 연두의 몸 언어에 훨씬 더 예민해져야 했다. 꼬리를 선풍기 돌리듯 설렁설렁 흔들면 기분이 좋아서다. 직각에 가깝게 바짝 올린 상태에서 흔들면 경계의 표시였다. 그러니 꼬리가 바짝 올라가는 일이 애초에 생기지 않게 해야 했다. 다른 개들이 있으면 슬쩍 피해가면 된다. 그러나 포르투갈에서는 주인 없이 혼자 셀프 산책을 하는 개를 드물지 않게 볼 수 있는데, 이 녀석들은 기척도 없이 어디선가 갑자기 나타나는 경우가 많았다. 그러니 연두보다 큰 개가 갑자기 나타나면 수놈인지 암놈인지 성별 확인부터 해야 했다. 그런데 희한하게도 자기보다 큰 수놈이라고 연두가 다 경계하진 않았고, 뭔가 자기네들끼리 알아보는 방법이 있는 듯, 어떤 녀석은 경계하고 어떤 녀석에게는 무관심했다. 유심히 관찰해본 결과, 다음과 같은 경우의 수가 있었다.

1. 큰 수놈과 마주친다-둘 다 무관심-각자 갈 길을 간다

2. 큰 수놈과 마주친다-연두는 무관심, 상대는 유관심-다른 개가 연두의 냄새를 맡는다-주인이 부른다. 주인이 근처에 없을 때 내가 연두를 부른다-각자 갈 길을 간다

3. 큰 수놈과 마주친다-연두 유관심, 상대는 무관심-연두가 상대방을 관찰하며 냄새 맡고 꼬리가 바짝 선다-상대가 무심히 지나가버리면 연두도 꼬리에 힘을 푼다. 상대가 관심을 보이기 시작하면 직각 꼬리가 팟팟팟 흔들린다. 이 때 재빨리 연두의 관심을 다른 데로 돌려 가던 길을 가야 한다. 이 때 대부분 상대방의 주인은 "얜 괜찮아요. 순해요"라고 한다. 그럼 나는 "네. 알아요. 근데 얘가 안 괜찮아요. 큰 개에겐 덤벼서요"라고 말하고 퇴장.

4. 큰 수놈과 마주친다-연두와 상대 모두 유관심-연두의 직각 꼬리가 흔들린다-두 녀석이 눈길을 교환하며 마주보고 있다면 잽싸게 개입, 연두를 퇴장시켜야 한다. 마주보지 않고 서로의 꽁무니 냄새를 맡으면 잠깐 지켜본다. 역시 직각 꼬리가 움직이면 3번과 같이 연두 퇴장.

5. 크기 불문 암놈, 자기와 크기가 엇비슷하거나 작은 수놈에게는 전혀 관심이 없으므로 해당 사항 없음.

6. 연두에게 다가와 꽁무니 냄새를 맡는 수놈들이 종종 있었는데,

다른 수놈이 연두의 성별을 잠시 혼동해서(연두는 중성화 수술을 했으니까) 그런다는 이야기를 다른 견주에게 들었다. 사실인지 아닌지는 모르지만, 가끔 집요하게 연두의 꽁무니 냄새를 맡는 수놈들이 있었던 건 사실이다. 그럼 연두는 자기 갈 길을 가거나, 상대방의 인간이 개를 불러 상황이 종료되거나, 그 녀석들이 너무 집요하게 귀찮게 굴면 "왕!"하고 한 번 짖었다.

그리고 반 년, 1년이 지나면서 연두는 성별과 크기에 상관없이 어떤 개가 다가와도 점차 느긋해졌다. 다른 개에게는 점점 관심이 없어지고, 가끔 지나가는 사람들에게 쓰다듬어 달라고 머리를 들이밀곤 했다. 자신에게 관심 있는 사람들에게는 대부분 머리를 내맡겼다. 그래서 우린 연두가 보호소에 있을 때 같은 칸에 있던 큰 수놈과 사이가 안 좋았나, 추측해보는 수밖에 없었다.

바닷가 바위 아래 그늘을 찾은 연두.

연두 보호소 시절, 입양 장려 행사에서.
직원분의 쓰다듬을 즐기는 연두.

주말 내내 더워서 힘들었다가 어제 저녁 무렵부터
반가운 천둥번개와 소나기가 찾아와주었다.
곧이어 해가 져서 시원해진 공기에 연두와 잠깐 산책, 까와 길게
산책을 한 뒤 하이트와인 한 잔 따라놓고 베란다에 앉아 책을 읽었다.
이젠 근시 안경을 안 써야만 책을 읽기 편하게 됐다.
포르투갈 안과 의사는 안경 벗고 잘 보이면 안경 벗고 보란다.
(과잉진료란 없는 곳. 암)

맞은편 아파트 베란다 불도 다 꺼진 밤, 어두운 베란다에 앉아 안경 벗고 이북 리더기로 책을 읽는데 내 앞에서 강아지 발톱이 바닥에 닿는 소리가 희미하게 났다. 응? 연두는 내 옆에서 자고 있는데? 연두가 자다 발톱을 바닥에 긁었나? 하곤 계속 책을 읽었다. 그런데 뭔가 어둠 속에서 나를 응시하는 느낌이 들었다. 눈에 보이지 않고 소리가 들리지도 않는데 누군가 나를 바라보는 시선을 느낄 수 있는 것은 왜일까? 조금 더 잘 보일까 싶어 안경을 쓰고 소리가 나는 쪽 어둠을 바라보았다. 동공을 최대한 열었다. 사방이 온통 검은 색이다. 검은 솜덩어리가 내 앞 1미터쯤 되는 곳에 앉아 있는 것이 희미하게 보였다. 내가 제대로 본 게 맞나?

옆집 개 바스코. 이 녀석은 검은색에, 엄청난 털찐견이다. 나중에 사진을 찍어보겠지만, 그냥 검은 덩어리로만 나올 게 분명하다. 이 아파트의 베란다는 옆집하고 벽이나 울타리로 분리돼 있지 않다. 동네 주민들은 적당히 화분을 가운데 둔다든가 하는 식으로 분리하기도 하는데, 하랄트와 이웃집 사이에는 아무것도 없다. 옆집의 레나트와 반려견 바스코와는 우리가 온 첫날 인사를 했고, 가끔 집 앞에서 마주쳤었다. 주말에 너무 더워 바람 들어오라고 현관문을 열어놨더니 이 녀석이 우리 집으로 한발자국 들어와 털이 덥수룩해서 잘 보이지도 않는 꼬리를 마구

혼들었다. 나야 대환영! 그러다 마침 오늘 연두 간식 주는 타이밍에 나타났길래 간식을 조금 떼 줬더니, 나, 바스코에게 점수를 좀 딴 것 같다.

바스코는 우리 쪽 베란다를 함부로 휘젓고 다니지 않았다. 점 잖은 견공. 레나트가 "바스코, 들어와" 하고 부르자 자기 집으로 잠깐 들어가더니 다시 나와 내 앞에 앉았다. 어두워서 잘 보이진 않았지만 1미터쯤 앞에 앉아 꼬리를 흔드는 게 느껴졌다. 미세한 공기의 움직임을 감지했다. 조금 있다가는 아주 작게 끙끙거렸다. 내가 일어나 다가가 머리를 쓰다듬어주니 그제서야 만족스러워하며 집으로 들어갔다.

연두는 잠깐 고개를 돌려 봤을 뿐, 둘 사이에는 아무 일도 안일어났다. 서로 상대가 안 보이는 것처럼 행동한다. 짖지도 않고 서로 냄새도 안 맡는다. 뭐지 이 녀석들.

두 녀석의 귀여움에 행복했던 날.

사랑스러운 털덩어리 바스코.

13. 열두발가락견 조상견의 하루

오늘도 방문해 준 손님 바스코를 간식으로 대접.

아직도 연두와 바스코는 서로 관심 없는 묘한 상태.

프랑크푸르트에서 나의 하루는 6시 반에 시작된다. 여름의 6시 반은 이미 환하다. 일단 연두에게 공복에 먹어야 하는 위장약을 준다. 그리고 옷을 입고 열쇠를 챙기고 연두를 데리고 나간다. 연두가 점점 오줌을 오래 못 참게 되었기 때문에 최대한 꾸물거리지 않는 게 중요하다. 꼼지락거렸다가는 바닥 청소를 해야 하는 귀찮은 상황이 생길 수도 있다. 당연히 머리는 산발, 선크림은 고사하고 세수도 안 하고 일단 나간다. 연두의 컨디션에 따라 아파트 건물 뒤편 공터를 한 바퀴 돌기도 하고, 짧게 아파트 앞길을 몇 미터 걷다 들어오기도 한다.

집에 와선 연두에게 아침 식사와 나머지 약을 준다. 진통제, 간 영양제, 소염제다. 그리고 나서 내 아침을 준비한다. 7시가 됐으면 아파트 옆동 일층에 있는 빵집에 가서 빵을 사온다. 전날 사놨던 쿠키나 요구르트 같은 걸로 대신하기도 한다. 커피는 지중해 지역을 벗어나면 맛이 없으면서도 비싸기 때문에 각종 차로 대신한다. 연두는 내 옆에 앉아 나를 뚫어지게 쳐다본다. 인내심이 떨어지면 나를 앞발로 건드리거나 길다란 주둥이를 내 다리 위에 올려놓기도 한다. 연두가 좋아하는 당근이나 간식을 콩 장난감에 넣어 주는데, 시간이 지날수록 턱 힘이 빠지는지 당근은 잘 못 먹고 물렁한 간식만 먹기 시작했다.

연두는 다시 잠이 든다. 나는 이것저것 읽거나, 나가서 미술관이나 박물관에 가거나, 서점 구경, 시장 구경 등을 한다. 까는 느지막이 잠에서 깨 느지막이 아침을 먹고 느지막이 동네 산책을 나간다. 하랄트가 자전거를 빌려줘서 주로 자전거로 쏘다닌다. 우리가 점심 먹는 기척을 내면 연두도 일어나 참견을 시작한다. 그러고 나면 연두 점심과 진통제 먹는 시간. 원래는 하루에 두 번 밥을 줬는데, 토하는 증상이 생긴 몇 달 전부터는 세 번에 나누어 준다. 위장약 때문인지 더 이상 토하진 않지만 그래도 세 번에 나누어 밥을 챙긴다. 연두가 점심을 다 먹으면 산책 시간. 그늘을 잘 골라 더위를 최대한 피해 가며 짧게 산책하고 들어온다.

더위가 좀 수그러드는 시간이 되면 다시 연두 저녁과 약, 산책 시간이다. 그리고 우리가 잠들기 전 한 번 더 나갔다 온다. 기력이 떨어져 오래 걷지 못하기 때문에 산책 한 번의 시간은 짧아졌다. 그러나 연두는 실외 배변 버릇이 든 데다가 워낙 밖에 나가 냄새 맡는 걸 좋아하기 때문에 오래 걷지 못하더라도 자주 산책하려고 한다. 걸음 속도가 워낙 느려졌기 때문에 이젠 누가 봐도 연두는 노견이다.

걷는 속도가 부쩍 느려지기 전에 나타났던 연두의 노화 증상은 다리를 절룩거리는 것이었다. 연두의 발가락 수는 네 발 모두 합쳐 열 두 개다. 그중에서도 왼쪽 앞다리의 발가락 수가 더 적고 발도 약간 짧다. 입양 절차를 마치고 우리 집에 와서 처음 강변을 산책할 때 아장아장 걷는다는 느낌이 들었는데, 나중에 생각해보니 미세하게 다리를 절룩거렸던 거였다. 약간 뒤뚱거리는 모습이 아기들 걷는 모습처럼 보였나 보다. 내게는 그저 사랑스럽기만 했다.

오래 걸을 때는 조금 절룩거리긴 했지만 연두는 별 문제 없이 잘 지냈다. 모래사장이나 풀밭처럼 푹신한 바닥에서는 다른 곳에서보다 잘 달렸다. 포르투갈의 트레이드마크인 흰색 돌바닥, 칼사다 포르투게자에서는 웬만해서 달리지 않았다. 그러다 점차 연두에 대해 모르는 사람도 첫눈에 알아볼 만큼 다리를 절룩이게 되었는데, 이때 아가야 무슨 일이니, 어디 다쳤니, 하며 관심을 보이는 사람들은 대부분 나이 지긋하신 어르신이었다.

나는 몇 년 전 무릎이 아파 1년 넘게 치료를 받았는데, 그때 연두가 돌바닥에서 달리지 않는 이유를 알았다. 포르투갈의 돌바닥은 아름답지만 관절 통증에 최악이다! 아프지 않을 땐 돌바닥이나 아스팔트 바닥이나 다 비슷한 땅바닥이지만, 무릎에 문제가 생기면 바닥의 재질에 예민해진다. 포르투갈식 포장 돌바닥이 가장 아프고, 그 다음이 일반 보도블럭, 아스팔트, 조깅용 우레탄 마감재, 풀밭이나 모래밭 순으로 무릎에 무리가 덜 간다. 이래서 어르신들이 노견을 보면 한 마디 건네나 보다. 너도 어디 아프니, 하는 동병상련으로.

풀밭이냐 칼사다 포르투게자냐.

지난 6년 반 동안 까와 나의 러닝 조크 중 하나는 누군가 숫자가 답인 질문을 하면 연두의 두 앞발 발가락 수를 따라하며 오른손은 다섯 손가락을 펴고 왼손은 엄지와 검지만 편 채로 "7!"이라고 대답하는 것이었다.

"1부터 100까지 날 얼만큼 사랑해?"

"당연히 7!"

"에그타르트 몇 개 사올까?"

"당연히 일곱 개!"

오랜 시간이 지난 뒤 혹여 개들의 표준 발가락 수가 지금보다 적은 때가 오면 연두는 그 첫 번째 조상으로 기록될지도 모른다는 것도 까와 나의 농담 중 하나였다.

(주로 음식 앞에서) "연두 안돼!"

"그게 무슨 말버릇이야? 우리 열두발가락견 조상님에게?"

이를 어째. 우리 집에 입양되면서 땅콩을 떼이고 연두가 후손을 남길 가능성이 0이 되었다. 물론 우리를 만나기 전에 후손을 남겼을 가능성도 없지 않다.

발가락이 몇 개면 어떠니. 7만큼 사랑한다(당연히 1부터 5까지).

14. 누구도 피해갈 수 없는 우쭈쭈

꽃 좋아하는 중년, 프푸 식물원 가다.

입장료가 있는 정원인데, 식물들 관리가 아주 잘 돼 있고

한적하지만 개는 못 들어감.

어차피 연두는 밖에 돌아다니긴 너무 더워 집에 있지만…

산책 오래할 체력도 없으시다. 무리하면 안됨.

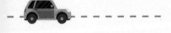

하랄트가 강력 추천했던 프랑크푸르트 식물원을 가보기로 했다. 개와 함께 들어갈 수 없는 곳이라, 오전에 연두 자는 시간에 다녀오기로 했다. 우리는 어디 가나 같이 가는 커플은 아니고 각자 취향대로, 스케줄대로 산다. 난 전차 타고, 까는 자전거를 타고 나가 식물원 안에서 만나기로 했다. 이런 여행 스타일은 몇 년 동안 다투고 도를 닦은 결과 얻은 결론이다. 나는 해 뜨는 시간에 눈을 번쩍 떠 사부작사부작 이것저것 하는 사람이고, 까는 늦게 자고 늦게 일어나서 한두 가지 일만 제대로 하는 사람이다. 괜히 같이 일어나 같이 아침 먹고 같이 나가자, 했다가는 꾸물거리는 까를 보느라 내 속은 터지고 까는 휴가 중에도 일찍 일어나야 하냐는 불만을 이야기하게 된다. 일리가 없지 않다.

우리도 처음엔 좀 싸웠다. 다행히도 난 혼자 다니는 걸 좋아한다. 먼저 일찍 일어나 혼자 동네 구경하고, 동네 카페에서 아침 혼자 먹고, 서점 혼자 구경하는 게 난 좋다. 편하다. 내겐 까의 늦잠을 참아줄 인내심이 부족하다. 그러니 여행 중에도 내 나름의 하루를 시작한다. 프랑크푸르트에서도 우리는 우리 방식대로 여행했다.

난 평소대로 일찍 일어나 연두 약 주고 산책한 뒤 아침을 먹고 슬슬 나갈 준비를 했다. 까는 내가 나갈 때쯤 일어난다. "나 오늘 식물원 갈 건데 너도 갈래?" "그래, 괜찮지!" "나 먼저 나갈 테니까 나중에 전화해." "오케이." 난 나가는 길에 여기저기 가게들을 둘러보고 식물원 근처의 고급스런 주택들을 구경하며 천천히 걸어간다. 식물원 입구쯤에서 까에게 전화해봤더니 마침 자기도 근처에 왔단다. 우린 만나서 함께 들어갔다. 식물원을 한참 보다가 슬슬 배가 고파지고 무릎이 아플 때쯤, 집으로 돌아가기로 했다. 난 집에 가서 연두 약 줄 테니까 집에서 만나, 하고 까와 헤어졌다. 까는 점심 먹을 장을 봐서 돌아왔다. 간단하지만 먹을 만한 점심을 차려서 독일 맥주 한 병을 둘이 나눠 마셨다. 술 마시는 취향은 비슷하다. 천만다행이다.

까와 내가 다른 건 생활 습관만이 아니었다. 개에 대한 경험도, 개를 대하는 자세도 달랐다. 연두와의 생활이 시작됐을 무렵, 까는 선포했다.

"난 개 아빠는 안 될 거야. 그러니 날 개 아빠라고 부르거나 연두를 내 아기라고 부르진 마."

"그래, 나도 개 엄마는 안 될 거야. 난 개 누나야. 앤 내 동생이고."

"그럼 나한텐 뭐야? 나한테도 동생이야?"

"넌 뭐가 되고 싶은데?"

"보스."

프랑크푸르트 식물원 팔멘가르텐Palmengarten의 연꽃.

개구리 왕눈이네 온 마을이 다 살아도 될 것 같은 연잎에 감탄했다.

다양한 원산지의 꽃과 나무가 잘 관리돼 있고

일광욕을 하며 쉴 수 있는 벤치,

야외 테라스가 있는 카페 등도 좋다.

동물과 함께 입장할 수 없어 아쉬웠다.

"보스? 그럼 연두한테 월급을 줘야지. 안 주면 노동법 위반이지."

"몰라! 어쨌든 난 연두의 보스야! 아빠 아니야!"

"알았어, 알았다고."

　까는 성인이 되고 나선 한 번도 개와 함께 산 적이 없다. 어린 적 마당 있는 집에서 살 때 기르던 개가 여럿 있었는데, 그중 까의 단짝은 파룩이라는 연두 크기의 누렁이였다고 한다. 요즘처럼 모든 걸 사진으로 남기던 때가 아니다 보니 파룩의 모습은 알 방법이 없다. 연두 크기에 연두의 털 색인데 짧은 털이었다고 하니 대충 상상만 해볼 뿐이다. 부모님이 집 안으로 들여놓지 못하게 했지만 예외가 있었으니, 까 어린이가 아플 때였다. 집에 들어오는 걸 허락받은 파룩은 점잖게 침대 옆에 앉아 있었다고 했다. 까와 파룩은 단짝이어서, 시냇가에서 낚시할 때나 동네에서 뛰어놀 때 늘 함께였다고 했다. 그러나 마당이 있는 집에서 현대적인 아파트로 이사 가면서 아버지의 지인에게 개를 맡기게 됐다고 한다. 그러다 보니 까에게 개에 대한 기억은 파룩과의 짧지만 아름다운 날들, 아버지에 대한 원망, 몇 년 지나 파룩을 다시 봤을 때 자기 기억과 다른 모습에 놀랐던 충격 등이 뒤섞인 것이었다. 한 개의 삶을 끝까지 지켜볼 수 있는 사람의 행운 혹은 아픔은 까에게 없었다.

어릴 때의 기억이 짧아서 그런 것인지, 개에 대한 까의 기본 지식은 그다지 깊지 않았다. 하루는 내게 오더니, "개가 좀 이상해." 까가 가리킨 곳을 보니 연두는 햇빛이 따끈하게 드는 침대 위에서 옆으로 누워 태평하게 자고 있었다. 뭐가 이상하냐고 물었더니 "보통 개들은 몸을 동그랗게 말고 자잖아? 난 개가 이렇게 몸을 다 펴고 누워 자는 걸 본 적이 없어." 이 사람아, 그건 개를 제대로 보지 않아서 그렇지! 난 개들도 온도에 따라 몸을 말거나 펴서 잔다고 설명해 주었다.

시간이 지나면서 까는 연두라는 개에 관해 많은 걸 터득했다. 개보다 사람을 좋아한다든지, 공놀이에 그다지 관심이 없다든지, 물가보다 풀숲을 좋아한다든지, 수면 습관이 어떤지, 우리가 집에 없을 땐 어느 자리에서 자는 걸 좋아하는지 등등. 그러나 여전히 자기를 개 아빠라고 부른다거나, 개에게 옷을 입히는 건 싫어했다. 개는 개라면서. 자기는 개를 사냥용으로, 양치기용으로 키우던 곳 출신이라면서. 그러던 어느 날, 난 방에서 거실로 나가려다가 본의 아니게 까와 연두의 대화를 듣게 됐다.

"연두, 넌 파룩이니? 파룩이 다시 태어난 거니? 아빠한테 와!!"

난 까의 우쭈쭈를 들어버렸다. 두 남자가 알콩달콩한 순간을 보내라고, 난 못 들은 척 방으로 다시 들어갔다.

연두와 보스 혹은 연두와 개아빠. 연두와 까의 겨울 옷.

연두와 까의 바닷가 산책. 날 잊지 않고 뒤돌아봐주어 고맙다.

15. 분리불안은 나의 것

프랑크푸르트 → 뷔르츠부르크

뷔르츠부르크Würzburg 나들이.

독일의 건물 복원 수준은 세계 최고일 것 같다.

2차대전 이후 최대한 원래 모습을 살린 복원도 있고

건물 구조는 예전 양식을 유지해서 복원하되 과감히

현대적인 모습으로 실내를 꾸민 곳도 있다.

연두는 훌륭한 여행 파트너다. 그러나 늘 쉽진 않다. 연두 때문이 아니라 개와 여행이라는 것에 아무래도 문턱이 있기 때문이다. 일단 한국에 가는 장거리 비행에는 엄두가 안 나 못 데려갔다. 사람도 힘든 그 긴 시간을 개가 영문도 모른 채 이동장 안에서 어떻게 버틸까. 게다가 직항편도 없는데(몇 달 동안 인천-리스보아 부정기 직항이 있었지만 지금은 없다).

그래서 한국에 갈 때는 연두를 친지 집에 맡겼다. 연두 물건을 챙기면서 걱정이 한가득, '이 녀석이 우리가 자길 버렸다고 생각하면 어떻게 하지?'하며 분리불안에 떨었다. 정작 한국에 와서 친지들이 보내주는 연두 사진을 보면, 연두는 그 집에서 가장 좋은 자리를 차지하고 태평하게 산책하고 낮잠 자고 있었다. 분리불안은 나만 있는 걸로.

연두 입양 전에는 까 출장 여행에 내가 동행하는 경우가 많았다. 까는 일하고 나는 출장지를 한량마냥 어슬렁거리는 게 일과였다. 그러고도 심심하면 가져간 뜨개질도 하고 책도 읽고. 그러나 회사에서 마련해주는 숙소는 개와 숙박할 수 없는 곳이 대부분이어서 연두 입양 뒤에는 까 출장 따라다니기는 끝났다. 뭐어때. 포르투갈 웬만한 곳은 다 가봤고, 난 연두와 함께 있는 게 더 좋다!

출장을 제외한 포르투갈, 스페인 자동차 여행은 늘 연두와 함께 갔다. 호텔보다는 아파트나 집을 대여하는 것이 개와 숙박 가능한 경우가 많았으므로 나중에는 아예 집 대여 사이트만 둘러봤다. 연두가 아무 때나 돌아다니고 냄새 맡을 수 있는 정원이 있으면 금상첨화. 그러나 아파트에서도 연두는 사고 안 치고 늘 점잖았다. 푹신한 소파나 방석만 있으면 됐다. 집주인들의 리뷰에는 늘 '잘 교육받은 개' 혹은 '개가 있었는지 표시도 안 나는' 등의 칭찬이 들어가 있었다. 난 연두를 교육시킨 적 없는데. 내가 무슨 복으로 이렇게 훌륭한 개와 살까.

여행 중 미술관 같은 실내에 오래 있을 듯한 날은 연두를 숙소에 두고 나왔지만, 그렇지 않을 때는 함께 외출했다. 가끔 개출입이 금지된 곳에 들어갈 때는 건물 근처 그늘이 있는 곳을 찾아 물 그릇과 함께 연두를 잠깐 묶어 두었다. 연두는 짖지도 초조해 하지도 않고 엎드려 자세로 잘 기다렸다. 연두가 아무리 점잖게 잘 기다리는 개이긴 해도, 더위에 약했기 때문에 너무 더운 날은 시원한 숙소에 두고 나왔다가, 해가 떨어지면 함께 산책에 나섰다. 바깥에 테이블이 있거나 정원이 있는 식당을 골라 저녁을 먹고, 우리가 밥을 먹는 동안 연두는 식탁 옆에 엎드려서 기다렸다. 우리가 먹을 걸 주지 않는다는 걸 알기 때문에 가끔은 옆 식탁의 손님 앞에 조각상처럼 앉아 있기도 했다. 까

시누이네 집 소파.
까와 내가 한국에 가 있는 동안
나의 걱정과 달리 연두는 잘 지냈다.
다행일까 아쉬워해야 하는 걸까.

만 눈을 빛내면서.

이번 프랑크푸르트 여행 중반까진 연두를 어느 정도 데리고 다니는 것이 가능했다. 그러나 시간이 지날수록 연두의 체력이 떨어진 데다가 프랑크푸르트의 기온이 너무 올라서 연두를 데리고 다니는 것이 힘들어졌다. 길가에는 상점에서 준비한 지나가는 견공들을 위한 물그릇도 많았고, 독일이 개와 함께 다니는 것에 관대한 분위기였기 때문에 연두와 여기저기 다닐 수 없는 것이 안타까웠다.

까와 나는 뷔르츠부르크에 가보기로 했다. 연두를 데려갈까 말까 꽤 고민했지만 여전히 34도인 날씨에 데려갔다가 괜히 고생할까 봐 새벽에 한 번, 아침에 출발하기 전에 한 번, 산책을 두 번 한 뒤 영장류만 다녀오기로 했다.

뷔르츠부르크는 프랑크푸르트에서 차로 1시간 조금 넘게 걸린다. 당일 여행으로 적당한 거리라고 하랄트가 추천하기도 했고, 무엇보다 나는 틸만 리멘슈나이더Tilman Riemenschneider를 보고 싶었다.

몇 년 전, 조지 클루니가 주연과 감독을 한 〈모뉴먼츠 맨〉을 본 뒤 우리는 벨기에 여행을 결심했었다. (2차대전 중 미술 작품들을 지키기 위한 연합군 측의 작전을 다룬 영화. 플랑드르 화가 얀 반 아이크Jan van Eyck의 유화, 미켈란젤로의 조각 등 무수한 작품들을 어떻게 지켜냈나 하는 이야기다) 까와 나는 보통 크리스마스나 연말연시 즈음 다음 해의 여행지를 정한다. 2월쯤에 까의 회사 일정에 따라 그해의 휴가가 결정되고, 우리 집의 여행사인 나는 여행준비를 시작한다. 책을 찾아 읽고, 비행기표를 사고, 숙소를 결정하는 과정을 거친다. 여길 가자, 아니 저길 가자 했던 다른 해와 달리 이때는 〈모뉴먼츠 맨〉의 영향으로 어렵지 않게 벨기에 여행을 결정했다. 그리고 벨기에와 네덜란드를 3주 정도 여행한 뒤 뜻밖에도 난, 얀 반 아이크 같은 플랑드르 거장의 유화도 빈센트 반 고흐의 강렬한 작품도 아닌, 알프스 이북의 나무조각에 매력을 느꼈다.

문을 열 때마다 차례로 새로운 조각이 나타나는 선물상자 같은 성당 제단 조각에 넋을 잃었다. 돌 조각에서는 불가능할 것 같은 레이스 같은 투명한 구조에 감탄했다. 연극의 한 장면을 얼려놓은 것 같은 조각 안 공간에 빠져들었다. 미켈란젤로나 베르니니 같은 이탈리아 조각가의 대리석 작품을 볼 때와는 완전히 다른 종류의 즐거움이었다. 나무 조각에 대한 자료를 찾아 읽으면서 틸만 리멘슈나이더라는 독일 조각가를 만났다. 몇 년 뒤 베를린 여행에서 가장 먼저 찾아간 곳은 보데 박물관(베를린 박물관 섬의 다섯 박물관 중 조각이 주 컬렉션인 곳), 그중에서도 리멘슈나이더가 있는 방이었다.

틸만 리멘슈나이더는 1483년에 뷔르츠부르크에 정착, 조각가로 일하기 시작했다. 이후 예술가로 자리잡고 뷔르츠부르크와 인근 지역의 주문을 받아 꾸준히 작업한 것은 물론이고 시의회에서 활동하기도 했다. 그는 1524~25년의 농민 반란 때 농민쪽을 지지했으나 뷔르츠부르크 인근에서 농민군은 진압되었고, 그들을 지지했다는 이유로 탄압을 받은 리멘슈나이더의 활동도 줄어들었다. 후세는 이 조각가를 한참 동안 잊고 있었다. 그러다 19세기에 뷔르츠부르크 대성당에서 그의 무덤이 발견되면서 그의 작품에 대한 연구가 재개되었다.

우리는 뷔르츠부르크 대성당에 갔다. 로마네스크 양식의 성당이지만 1945년 3월 16일 연합군의 공습에 상당 부분 불타고무너졌다가 전쟁 이후 복구되었다고 한다. 대성당뿐만 아니라뷔르츠부르크 구시가지의 거의 대부분이 같은 날 불길에 휩싸여 파괴되었다. 독일에서 전쟁 이후 복구된 곳은 옛날 모습을그대로 살려 복원한 곳도 있고, 아예 현대적인 모습으로 새로지은 곳도 있다. 혹은 두 가지 요소가 섞인 곳도 있다. 대성당의외부는 원래 로마네스크 양식을 살려 복구되었지만 내부는 현대적인 모습도 군데군데 보인다.

뷔르츠부르크 대성당. 공습으로 파괴된 이후 성당을
처음 건축했을 당시의 양식인 로마네스크 양식으로 복원했다.

그러나 이 철문처럼 현대적인 복원도 있다.

우리가 이곳에서 만난 틸만 리멘슈나이더 작품은 15, 16세기에 이곳을 다스렸던 주교 겸 영주(뷔르츠부르크는 주교가 다스리던 도시였다)인 루돌프 폰 셰렌베르크Rudolf von Scherenberg와 그의 후임자 로렌츠 폰 비브라Lorenz von Bibra의 무덤 조각이었다. 내가 리멘슈나이더의 매력에 빠졌던 목재 제단 조각은 아니지만, 분홍빛 대리석으로 만든 두 주교의 얼굴에는 리멘슈나이더의 특징이 살아 있었다. 어딘가 슬픈 듯한 얼굴을 한 노년과 중년 남자의 얼굴은 이 조각가의 다른 작품에서도 만날 수 있다. 즉 그가 만드는 노인, 중년 남자의 전형적인 모습이 있음에도, 눈 밑의 주름과 얇은 입술, 각진 턱 등이 너무나 사실적이어서, 우리는 셰렌베르크 주교가 딱 이렇게 생겼을 것이라고 의심 없이 믿게 된다.

리멘슈나이더의 제단 조각을 보려면 로텐부르크Rothenburg ob der Tauber나 크레글링겐Creglingen에 가야 하는데, 이번 여행에서 과연 거기까지 갈 수 있을지 모르겠다. 프랑크푸르트에서 로텐부르크는 그다지 멀지 않지만 연두 걱정에 가보자는 얘기도 꺼내지 않았다. 뭐, 아쉬운 게 좀 남아야 다음에 또 온다는 여행 지론을 갖고 있으므로, 아쉬운 대로 남겨둔다. 못 가본 독일 땅이 어디 한두 군데더냐.

성당 안에는 뷔르츠부르크를 다스렸던 주교들의 무덤이 있는데,

그중 틸만 리멘슈나이더가 제작한 무덤 조각.

폰 비브라 주교가 자신의 선임인

폰 셰렌베르크의 무덤 조각과 함께 자신의

무덤 조각도 의뢰했다. 왼쪽이 폰 셰렌베르크,

오른쪽이 폰 비브라 주교.

폰 셰렌베르크 주교(왼쪽). 틸만 리멘슈나이더가 뷔르츠부르크에 와서
정착했을 때 이미 폰 셰른베르크는 팔순이 넘은 노인이었다.

두 조각을 의뢰한 폰 비브라 주교(오른쪽). 전임자의 무덤 조각의 장식이
고딕 양식인 것에 비해 폰 비브라 주교의 무덤 조각은 르네상스 양식이다.
틸만 리멘슈나이더는 두 주교의 나이 차, 성품의 차이를 알았을 것이고,
상대적으로 젊은 현재 주교의 조각은 당시 독일에서는
새로운 양식이었던 르네상스 양식으로 장식했다. 리멘슈나이더와
동시대에 활동한 예술가로는 뷔르츠부르크에서
그리 멀지 않은 도시인 뉘른베르크의 알브레히트 뒤러가 있었다.

뷔르츠부르크 궁전. 정원과 연결돼 있어
산책하기 좋다. 궁전 내부는 사진 촬영 금지.

궁전 맞은편 정원의 조각 중 강아지와 노는 어린아이.
애견인 눈에는 개만 보인다.

그리고 우리는 18세기에 바로크 양식으로 지어진 궁전에 갔다. 유네스코 문화유산으로 등재된 이곳이, 8월이면 한참 관광객이 많을 시기인데 감염병 때문인지 한가했다. 우리도 한가하게 궁전과 정원을 거닐었다. 그러나 예전 같았으면 복잡했을 관광지가 텅 빈 것을 보면 마음은 복잡하다. 이 계절에 이렇게 한가한 이곳. 여기까지 여행할 수 있어서 행운이라는 생각과 함께 언제 끝날지 모르는 이 터널이 막막하기도 하다. 난 언제쯤 한국에 마음 편히 갈 수 있을까.

뷔르츠부르크 궁전 역시 공습 때 상당 부분 훼손되었다가 복원한 곳인데, 조반니 바티스타 티에폴로Giovanni Battista Tiepolo(18세기에 이탈리아, 스페인, 독일 등에서 활동한 베네치아 출신의 화가. 건물 장식용 프레스코화를 많이 그렸다)가 그린 프레스코 천정화는 웅장한 모습을 유지하고 있었다. 전시실 중 한 곳에 공습 이후의 사진을 전시해 놓았는데, 천정 프레스코화가 남아 있는 게 기적 같다는 생각이 들 정도로 암담한 광경이었다. 공습으로 천정이 무너져 티에폴로의 작품도 훼손될 지경에 이르렀을 때 여러 방면으로 힘을 써 보존에 앞장선 사람이 앞에서 언급했던 '모뉴먼츠 맨'의 일원인 존 스킬턴이라는 미국인 미술사학자였다. 아군의 것인지 적군의 것인지를 따지지 않고 문화유산을 지키려고 노력하는 사람이 있다는 것이 어쩌면 기적일

지도 모르겠다. 이곳을 지키려는 노력에 얼마나 많은 장벽이 있었을까를 상상해보면 나 같은 아마추어 미술 애호가는 그저 작아질 뿐이다.

덥기도 하고 맘이 괜히 바빠 집에 5시쯤 헐레벌떡 도착하니 연두는 제일 시원한 자리에서 숙면 중이었다. 더위가 한풀 죽었을 때 산책을 다시 나갔는데, 꽤 신나 했지만 500미터 정도 걸은 다음에는 다리를 많이 절룩거렸다. 잠시 쉬고 집으로 오는데 역시 500미터 지나니 다리를 저는 게 심해졌다. 이게 현재 연두의 상태. 집에서는 콩 장난감으로 놀고 내 꽁무니를 쫓아다니고 이것저것 참견하는 등 괜찮지만, 산책을 길게 못한다. 집에서 실수 안 하려면 짧은 산책을 하루 네다섯 번 해야 한다. 혹여라도 이 호텔 같은 하랄트네 카펫에 실수 할까 봐 매너벨트 필수. 그래도 연두가 잘해주고 있어 고맙다. 나도 사랑한다, 연두.

조반니 바티스타 티에폴로의 프레스코화.
유럽, 아메리카, 아프리카, 아시아 네 대륙의 알레고리를 그렸다.
© Myriam Thyes

16. 너의 과거

----- 프랑크푸르트 → 알체나우

강이건 호수건 물가로 놀러 가야 한다고
며칠 전 더웠던 날 까와 의기투합.
그런데 여긴 수영 가능한 호숫가에 가려면 입장권을 사야 한다.
큰 호수 몇 군데는 문을 닫았다. 몇 곳은 홈페이지가
독어로만 돼 있어서 포기. 그러다 발견한 곳도
이틀 동안은 매진이라 3일 후의 표를 샀다.

바람 없는 더위에 힘들어하다가, 강이건 호수건 물가를 찾아 가기로 했다. 프랑크푸르트 근교에는 호수가 꽤 많았고, 여기저기 물어본 결과 포르투갈의 강이나 바다처럼 그냥 가서 물장구치다가 오는 게 아니고, 입장권을 예매해서 가야 된다는 걸 알게 되었다. 호숫가 가는 데 무슨 입장료인가 싶지만 로마에 왔으니 로마법을 따라야지. 그러나 몇 군데는 코로나19 때문에 폐쇄된 상태고, 몇 군데는 홈페이지가 독일어로만 돼 있었다. 열려 있으면서 영어 홈페이지가 있는 호수를 찾았더니, 모레까지는 이미 매진됐다. 3일 뒤의 입장권을 예매하고 우리는 이틀 동안 더위를 견뎠다. 그런데! 다가온 그날, 즉 오늘, 아침부터 비가 내린다. 더위가 수그러들어 좋지만 기껏 호숫가까지 갔는데 파라솔 아래서 비 피해가며 옹송그리며 샌드위치만 먹고 와야 하나.

어제 정오는 35도, 오늘 정오 25도. 썰렁하다. 입장권을 산 호숫가에 개를 데리고 들어갈 수 없어서 연두를 집에 두고 나온 게 마음에 걸린다. 연두가 산책하기 딱 좋은 선선한 날인데. 일단 비가 멈추길 기다리며 호수 근처의 마을 알체나우Alzenau를 어슬렁거렸다.

비가 얼추 멈추길래 호숫가로 갔더니, 날씨가 선선해져서 그런 건지 아니면 감염병 때문에 인원 제한을 많이 한 건지, 한가했다. 미니 텐트를 펴고 누워서 책 읽고, 준비해 간 샌드위치랑

맥주 먹고 마시고, 오리와 해오라기, 조용히 수영하는 현지인들을 구경했다. 시원해서 좋았다. 까는 호수에 들어가서 첨벙첨벙 수영을 했다.

연두를 데리고 왔더라면 하고 아쉬워했던 건, 시원한 날씨 때문이기도 했지만 호수 근처가 연두가 좋아할 만한 풀숲이었기 때문이다. 연두는 강가나 바닷가에 데리고 가도 물에 들어가지 않는다. 들어가지 않는 정도가 아니라, 신나서 까 뒤를 쫓아 모래사장 위를 달려가다가도 물에서 2미터 정도 떨어진 자리에서 딱 멈춘다. 목욕을 그리 싫어하지 않는 걸 보면 물 자체를 싫어하는 것 같진 않은데. 비 오는 날도 산책을 거부한 적이 없다.

한번은 물에 가까이 가지 않으려고 하는 연두를 까가 얕은 바닷물에 빠트렸다. 연두는 허겁지겁 빠져나왔다. 난 그 이후로 개가 바다를 싫어하는 거라고 하고, 까는 목욕은 좋아하면서 바다에 들어가는 건 별로 즐기지 않는 나를 닮아서라고 한다. 그렇다고 연두가 해변을 싫어하진 않는다. 바위 아래 그늘에 앉아 졸다가, 바위에 붙은 홍합을 떼어 오독오독 씹어 먹다가, 모래 언덕 냄새를 맡고, 기분이 나면 잠깐 달리기도 하고, 모래사장이 끝나는 곳의 풀숲에서 신나게 영역 표시를 한다. 연두는 물개가 아니고 땅개다.

호수 근처의 마을 알체나우.

알체나우 호수. 파도소리 바람소리 쩌렁거리던
포르투갈 대서양 바다에 비하면 너무나 조용하지만
그래도 물가라 좋았던 곳.

연두는 우리와 살기 전에 바닷가에 간 적이 없었을까? 강가는? 연두가 맡겨진 보호소가 있는 동네는 강 바로 옆인데. 전 주인과 산책은 자주 했을까? 마당이 있는 집에 살았을까 아니면 아파트에 살았을까? 아니면 마당 개였을까? 짖지 않는 성격이니 마당에서 집 지키는 목적으로 기르진 않았을 것 같다. 점잖은 성격으로 봐선 아무 사고도 안 쳤을 것 같은데 왜 보호소에 맡겼을까? 전 주인의 건강이 안 좋아지거나 경제적으로 힘들어져 더 이상 같이 있을 형편이 안 돼서? 혹시 심장에 이상이 있는 것을 알고 지레 포기한 걸까? 연두는 전 주인을 기억할까? 다시 만나면 알아볼까? 기억할까? 개들은 현재를 사는 동물이니 현재 행복하다면 그건 아무래도 상관없을까?

이 궁금증은 한국에서 기르던 나의 두 번째 개 연세를 입양했을 때 생겼다. 연세대학교 근처에서 떠돌던 개를 앤마리라는 캐나다인이 구조했는데, 앤마리 집에는 이미 구조한 고양이가 많아 친분이 있는 동물병원에 그 개를 잠시 맡겼었다. 난 한 구조단체의 홈페이지에 있는 개 연세의 사진을 보고는 첫 번째 개 똘이와 너무 비슷해 그 얼굴을 잊을 수가 없었다. 그렇게 데려온 연세도 처음에는 세상 고민 다 짊어진 인상에 몸은 말라 있었는데, 우리 집 생활에 익숙해지면서 살도 붙고 인상도 온화해졌다. 집에 놀러 온 엄마의 친구 분들이 다들 연세 잘생겨졌다고 할 정도로. 우리집에 온 지 얼마 안 돼 이가 몇 개 빠진 걸 보면 나이가 꽤 된 것 같았는데, 이 녀석의 과거도 내게는 늘 수수께끼였다.

이 상태가 안 좋은 걸로 봐선 사료를 주며 키웠을 것 같진 않고, 남은 밥 줘가며 마당에서 기르던 개가 줄이 풀려 집을 나왔나? 안아주는 걸 못 견디는 걸 보니 주인이 한 번도 안 안아줬나?(나중에서야 모든 개가 안기는 걸 좋아하진 않는다는 걸 알게 됐다. 연두도 안기는 걸 썩 좋아하진 않는다) 착한 녀석이 목욕을 너무 싫어하는 걸 보니 목욕도 안 해봤나? 연세는 우리 집에서 채 3년을 못 살고 떠났지만, 개가 얼마나 착하고 점잖을 수 있는지, 성견 입양에 어떤 장점이 있는지, 가족이 생긴다는 것이 개에게 얼마나 중요한지를 나는 연세를 통해 배웠다.

너희들의 과거에 상관없이, 사랑한다 나의 멍멍이들. 너희가 우리를 조건 없이 사랑하는 것처럼.

나의 두 번째 개 연세. 과거는 알 수 없어도
점잖은 돌쇠 같은 매력이 있었던 녀석.

연두는 해변에 가면 파라솔 그늘에
점잖게 앉아 있다가 잠이 들곤 했다.

17. 개와 여행하는 대가, 가사노동

오전은 연두 산책, 약 먹이기, 빨래 돌리고 널기, 까 이발,

또 연두 산책, 연두 기저귀 빨래, 장 보기,

점심 준비 등으로 시간이 다 갔다.

오후는 휴식 선언.

슈테델 미술관에 다시 갔다.

내가 프랑크푸르트에 살게 된다면 1년권을 끊어서

이 길을 걸어 미술관을 연신 드나들 것이다.

호텔에서 숙박하지 않고 아파트를 빌려 지내는 것의 단점은 일상의 잡다한 가사에서 벗어나기 쉽지 않다는 점이다. 더러운 옷과 먼지는 쌓이기 마련이고 지저분한 공간에서 지내기 싫다면 내가 스스로 청소 도구를 드는 수밖에 없다(물론 청소 서비스가 있는 아파트도 있지만 여긴 관광객용 아파트가 아니다 보니). 이런 이유로 절대 아파트를 빌리지 않고 무조건 호텔 숙박을 하는 사람도 보았다. 나도 가사노동에서 벗어나고 싶다. 그러나 개와 함께 여행하자면 호텔보단 아파트가 선택의 폭이 넓고 무엇보다 사용할 수 있는 공간이 넓어져서 좋다.

넉넉한 공간을 편안히 사용하는 대가로 밀린 집안일을 시작했다. 처음은 빨래. 아파트의 열 세대가 지하실에 있는 공용 세탁기 세 대와 건조기 한 대를 함께 쓰는 방식이다. 빨랫감을 들고 내려갔는데 이미 세탁기가 사용 중인 적이 두 번 있었기 때문에 아침형 인간의 필살기를 발휘했다. 새벽같이 빨래하기. 과연 그 시간에 빨래하는 이웃은 없었다. 그 다음에는 까 이발을 해줬다. 내 앞머리나 좀 잘라볼까 해서 한국에서 사온 가위로 몇 년 전부터 까 머리카락을 직접 잘라준다. 처음에는 뒤통수에 땜빵을 만들기도 하다가 요즘은 내 기술이 좀 좋아졌다. 정작 내 머리는 전문가에게 맡긴다.

장을 보고, 간단히 점심을 준비하고, 다시 연두 산책하고, 오후는 슈테델 미술관에서 보냈다. 적당한 규모라 부담 없고, 컬렉션이 훌륭하다. 미술관 앞, 가로수가 늘어선 길에서 다람쥐가 날 보고 깜짝 놀라 얼음이 되었다.

슈테델 미술관은 요한 프레드리히 슈테델Johann Friedrich Städel이라는 18세기 프랑크푸르트 출신 사업가의 컬렉션으로 1815년에 미술관을 만든 곳이다. 14세기 독일과 네덜란드, 플랑드르, 이탈리아의 작품부터 시작해서 20세기 현대미술, 그리고 최근 동시대 작가들의 작품까지, 컬렉션의 폭이 넓은 데다가 마음먹으면 하루에, 꼼꼼히 둘러본다면 이틀 정도 둘러보기에 적당한 크기다. 구시가지에서 멀지 않고 마인 강변에 자리잡고 있는데 강변 산책로 정취가 훌륭하다. 나에게 미술관 관람은 컬렉션뿐 아니라 미술관까지 가는 길이 유쾌한지, 입구─매표소─외투·가방 보관소 등의 동선이 효율적인지, 지친 다리를 쉬며 카페인이나 당분을 섭취할 곳이 적당한지, 전시실 안에 의자가 적당히 갖춰져 있는지(다리 아플 때, 그리고 넋 놓고 앉아 그림에 빠져들기 위해 필요), 미술관 샵에 기념품뿐만 아니라 책도 잘 갖춰져 있는지 등이 모두 중요한 총체적 경험이다. 요즘은 감염병 때문에 많이 축소됐겠지만 성인과 어린이를 위한 교육 프로그램이 다양하다면 금상첨화다. 슈테델 미술관은 빠지는 것이 없다. 내가 프랑크푸르트에 산다면, 이 미술관의 정기권을 끊어

강변 산책로가 닳도록 미술관에 다닐 것이다. 이곳에는 페르메이르의 〈지리학자〉와 얀 반 아이크의 〈루카 마돈나〉처럼 유명한 작품들도 있지만 내가 이번에 완전히 마음을 빼앗긴 작품은 슈테델에서 가장 잔혹한 그림이었다.

이 그림에는 보는 사람 심장을 쫄깃하게 만드는 긴장감이 있다. 렘브란트는 성서의 수많은 이야기들 중에서도 가장 피바람 부는 장면을 골랐다. 연극 조명 같은 빛을 사용해 피 튀기는 순간의 주인공을 비춘다. 큰 화폭에 그려진 거의 사람 크기인 주인공 때문에 보는 사람 가슴이 덜컥 내려앉는다. 내 눈앞에서 일어나는 순간 같기 때문이다.

삼손의 부모는 아기를 갖지 못하는 부부였는데, 천사가 나타나 아기가 태어날 것이니 나지르인(신에게 봉헌된 사람)으로 기르라는 명을 받았다. 나지르인은 머리칼을 잘라서도 안 되었고 술을 마셔도, 동물 시체에 손을 대도 안 되었다. 삼손은 하느님과 이스라엘 백성을 위해 봉사해야 할 운명이었다. 나지르인이라면 손을 대서는 안 되는 시체인 당나귀 머리뼈로 적국 필리스타인 사람 1,000명을 단숨에 물리친 적도 있었으니, 삼손은 영웅이면서도 고분고분 체제 순응적인 사람은 아니었다. 적국의 여인 들릴라와 사랑에 빠진 것도 마찬가지였다. 들릴라는 삼손의

렘브란트 반 린, 〈두 눈이 뽑히는 삼손〉, 1636, 219x305cm, 캔버스에 유채,
슈테델 미술관, 프랑크푸르트

들릴라는 한 손에는 가위를, 한 손에는 삼손의 머리칼을 쥐고
이 아수라장에서 벗어나고 있다. 그리고 몸을 돌려 삼손을 바라본다.
휴. 성공했다. 겨우 알아냈네. 삼손 너도 참.
난 이 바닥에서 나갈게. 넌 고생 좀 해.
들릴라는 성경에 등장하는 여성 중 드물게 누구의 아내,
누구의 어머니, 누구의 딸이라는 설명이 하나도 없는 인물이다.
그저 필리스타인 여인 들릴라라고만 돼 있다. 삼손을 배신한 다음
어떻게 살았는지, 삼손이 신전을 무너뜨렸을 때 그 자리에 있었는지
없었는지도 언급이 안 된다. 이 여인에게는 어떤 삶이 펼쳐졌을까?

막스 리버만, 〈삼손과 들릴라〉, 1902, 151x212cm,
캔버스에 유채, 슈테델 미술관, 프랑크푸르트

힘이 어디서 나오는지 알아내면 돈을 주겠다는 필리스타인 제후들의 제안에 끌려 그의 비밀을 알아내고, 결국 삼손은 머리칼이 잘린다. 힘이 빠져나간 그는 적들에게 붙들려 두 눈이 뽑히고 짐승처럼 맷돌을 돌려야 하는 신세가 되었다.

"그런데 그의 깎인 머리카락이 다시 자라기 시작하였다."(두둥! 성경 구절이 이렇게 스릴 넘치는 적이 있었나. 《판관기》16장 22절)

필리스타인 사람들의 축제일, 삼손은 하느님에게 마지막 힘을 간청한다. 그들의 신전을 받치던 두 기둥을 밀어내어 건물을 무너뜨리면서 삼손은 그들과 함께 죽는다. 들릴라는 삼손의 비밀을 알려주고 약속한 돈을 받은 다음, 다시 이야기에 등장하지 않는다.

렘브란트는 유화를 그리기 위해 삼손과 들릴라 이야기 중 삼손이 머리카락, 힘과 함께 두 눈을 잃는 장면을 선택했다. 삼손을 제압하기 위해 적국의 병사 몇 명이 동원됐다. 머리카락이 잘려나갔지만 칼과 창으로 무장한 남자들 몇 명이 달려들어 한 명은 두 팔로 뒤에서 그를 꽉 붙들고 또 한 명은 쇠사슬로 삼손의 손을 잡아놓아야 했다. 삼손은 몸부림쳤지만 이미 힘이 빠진 다음이었다. 구불거리는 칼을 든 병사는 한 손으론 삼손의 수염을 그러쥐고 한 손으론 삼손의 눈을 찔렀다. 피가 튀었다. 창백한 빛은 몸부림치는 삼손을 냉정하게 비춘다.

렘브란트의 폭력극이 펼쳐지는 곳에서 계단을 하나 내려가 현대미술 전시실로 가면 조금 다른 삼손과 들릴라가 있다. 흰 침대보가 있는 단순한 공간에 누드의 남녀가 있다. 들릴라는 잘라낸 삼손의 머리칼을 치켜들고 화폭 한 구석에 보일 듯 말 듯 숨어 있던 복병들에게 보여준다. 삼손은 이미 기운이 빠져 거의 몸을 가누지 못한다. 들릴라의 다리에 몸을 겨우 기대고 있어서, 밖에서 대기 중이던 복병이 힘을 쓸 필요도 없어 보인다. 들릴라는 자신만만하다. 머리칼을 들지 않은 다른 손은 삼손의 머리 위에 놓여 있는데, 굳이 힘을 쓰지 않아도, 다른 남자들의 도움 없이도 한때 장사였던 이 남자를 제압한 것이 분명해 보인다. 성적으로 남자를 유혹한 뒤 파멸로 몰고 가는 팜므파탈의 모습이다.

렘브란트와 막스 리버만Max Liebermann의 이야기가 너무 강렬해서 한참을 넋 놓고 그림 앞에 앉아 있었다. 집에 와서도 한참을 서성였다. 렘브란트의 빛과 피와 어둠을 떠올리면서.

이번 슈테델 방문에서 좋아하게 된 작품이 하나 더 있다. 청기사파 화가 프란츠 마르크Franz Marc의 〈눈 위에 누워 있는 개〉. 프란츠 마르크는 강렬한 원색으로 동물을 많이 그렸다. 동물들은 (사람과는 달리) 자연과의 관계를 잘 유지하고 있다고 생각했기 때문이었다. 편안한 자세와 표정으로 눈 위에 자리를 잡은 이 개는 화가의 반려견 루시Russi다. 역시. 루시는 시베리아 양치기 개라고 한다. 프란츠 마르크는 그동안 풍경화에서 동물들이 얼마나 생각 없이 표현됐나를 비판하며, 동물을 주인공으로 삼고 동물에 어울리는 모습으로 풍경을 그렸다.

슈테델 미술관은 루시를 두 번이나 구입했다. 화가가 세계 1차대전에서 전사한 뒤 유족들에게서 구입한 것이 첫 번째다. 1937년, 나치는 프란츠 마르크의 작품을 독일인에게 안 좋은 영향을 주는 퇴폐 미술이라고 규정하고 독일의 모든 미술관에서 그의 작품을 몰수했다. 1960년대가 돼서야 미술관은 이 작품을 미국의 한 개인소장가에게서 다시 구입해 올 수 있었다고 한다(그 사이에 가격은 세 배가 뛰었다고). 이 개의 태평해 보이는 표정, 흰 눈 위에 앉은 밝은 털빛의 개가 주는 편안함, 자연과 잘 어울리는 형태 등은 개를 좋아하는 사람에게는 물론이고 미술관 방문자들에게도 인기가 많아, 〈눈 위에 누워 있는 개〉는 2008년 슈테델 미술관 관람객이 뽑은 가장 마음에 드는 그림으로 선정되었다고 한다. 두 번이나 구입할 만한 가치가 있다. 동감한다. 나도 루시가 좋다.

프란츠 마르크, 〈눈 위에 누워 있는 개〉, 1911년경, 62.5x105cm,
캔버스에 유채, 슈테델 미술관, 프랑크푸르트.

슈테델 미술관.

18. 연두는 늘 옳다

런던

암스테르담

베를린

브뤼셀

프랑크푸르트 뷔딩엔

바트크로이츠나흐 알체나우

파리 다름슈타트 뷔르츠부르크

프라하

콜마르 빈

베른

페히괴

- - - **프랑크푸르트 → 바트크로이츠나흐**

까의 동생이 사는 바트크로이츠나흐Bad Kreuznach에 1박 다녀왔다.

프랑크푸르트에서 차로 1시간 거리. 근처에 안도 다다오가 디자인한

돌조각 미술관, 쿠바흐-빌름젠Kubach-Wilmsen 재단에 들렀다.

미술관 건물은 닫혀 있었지만 야외에 전시된 조각을 보며 산책할 수 있었다.

야트막한 언덕에 산책로 굽이굽이 돌 조각이 한가롭게 놓여 있는 식.

제제의 저녁 밥상에 감동받았다.

까의 동생 제제는 독일에 산다. 독일에서 박사과정을 마치고 일한 지 8년 정도 되었다. 프랑크푸르트와 마인츠Mainz에서 멀지 않은 소도시에서 교사로 근무 중인데, 까와 나는 7년 전 제제가 집을 비울 때 그의 집에 3주 정도 묵으면서 독일 여행을 한 적이 있다. 그때는 연두가 우리와 살기 전이어서 갈 때는 비행기로 이동하고, 올 때는 여행 중 구입한 중고차로 포르투갈에 돌아왔다. (독일 중고차 가격은 포르투갈보다 꽤 저렴하다. 독일에서 중고차를 사와 포르투갈에서 판매하는 업자들이 꽤 많을 정도이다. 차가 저렴한 대신 포르투갈로 돌아온 뒤 복잡한 서류 처리와 비용은 감당해야 했다)

제제는 독일인 프랑크와 주말부부인데, 한 주말은 제제네 집에서, 다른 주말은 프랑크네에서 보내는 식으로 산다. 은퇴한 뒤 어디서 살지는 아직 고민 중이라고 했다. 이 커플은 크리스마스는 독일에서 독일 가족과 보내고 부활절은 포르투갈에서 포르투갈 가족과 지내는데, 지난 부활절 휴가는 감염병 때문에 포르투갈에 오지 못했다. 오랜만에 이들을 만날 생각에 우리는 나름 들떴다. 포르투갈의 창고에 보관해두고 있었던 제제의 짐을 차에 가득 싣고, 연두의 짐, 우리의 간단한 1박 2일 짐까지 챙긴 뒤 마인Main 강-라인Rhein 강-나헤Nahe 강변을 따라갔다.

처음 까를 만났을 때부터 제제는 우리를 늘 지지해줬고, 특히 나를 잘 이해했다. 전원이나 근교보다는 도시 생활을 좋아하

안나 쿠바흐-빌름젠과 볼프강 쿠바흐,
〈돌책 탑 Stone Book Tower〉, 2007 – 08, 700 x 160 x 110cm,
쿠바흐-빌름젠 돌 조각 공원. 바트크로이즈나흐.

쿠바흐-빌름젠 재단 겸 박물관 건물. 바트크로이즈나흐.

안나 쿠바흐-빌름젠과 볼프강 쿠바흐, <이카루스 Ikarus>, 2013,
쿠바흐-빌름젠 돌 조각 공원. 바트크로이즈나흐.

고, 그림에 관심이 많고, 수공예를 좋아해서 사부작사부작 취미 생활을 즐긴다는 점, 무엇보다 외국에서 살며 외국어를 말하며 살아야 한다는 것이 우리의 가장 큰 공통점이었다. 게다가 까와 같이 살아주다니 고마워, 자세의 시동생이라니, 이 어찌 고맙지 아니한가.

강변을 따라가는 여정 동안, 연두는 평소처럼 점잖은 여행자였다. 강바람도 즐기고, 강가의 작은 마을들도 짧게 둘러보고, 영역 표시도 하고. 갑자기 쏟아지는 비를 피해 남의 집 처마 밑에 들어가 있기도 하고. 라인 강변을 지나면서 7년 전의 여행이 떠올라 나는 마음이 복잡해졌다. 7년 전의 우리는 둘이었고 지금은 셋인데, 언제까지 셋일지 알 수 없기 때문이었다. 원래 뒤돌아보지 않는 성격이기도 하고, 후회도 잘 안 하는 성격이기도 해서 연두와의 지난 6년 반에 대한 후회는 없다. 연두는 까와 나에게 완벽한 개였고, 우린 즐거웠고 서로 사랑했다.

그럼에도 마음이 복잡해진 건 이별이 가까이 왔다는 걸 알고 있기 때문이고, 마지막 순간에 내 개가 어떤 고통을 겪을지 알수 없기 때문이었다. 개가 인간보다 훌륭한 점은 그런 걱정마저 안 하고 현재에 충실하다는 점이다. 연두는 그저 즐거운 표정을 하고 날 올려다보고, 강가의 공기 냄새를 맡고, 내 다리에 기대어 잠이 들었다.

우리는 제제네 집에서 멀지 않은 곳에 자리잡은 쿠바흐-빌름젠 재단Fondation Kubach-Wilmsen에 들렀다. 조각가 안나 쿠바흐-빌름젠과 볼프강 쿠바흐의 재단 겸 박물관을 일본 건축가 안도 다다오가 디자인한 곳이었다. 하랄트가 추천을 해주어서 찾아간 곳인데, 야트막한 언덕의 나무와 풀들 사이에 두 조각가의 작품들이 놓여 있었다. 안도 다다오의 건물도 멋져 보였지만 닫혀 있어 내부는 보지 못했다. 홈페이지에는 주말에만 연다고 돼 있는데, 주말인데도 닫혀 있었다. 감염병 때문인지, 아니면 오늘이 주말이기도 하지만 성모승천대축일이라 쉬는 날이 된 건지는 알 수 없었다.

제제와 프랑크를 만나 짐을 풀고, 우리는 그동안의 날들에 관해 이야기했다. 봄에 여행했던 곳에 코로나19가 확산해서 검사를 받고 다행히 음성 결과가 나와 다시 학교로 출근했던, 제제의 일상으로 돌아가기 위한 분투기, 출장이 잦아 감염병 걱정도 많은 프랑크의 고민, 포르투갈과 한국의 감염병 상황 이야기, 돌아가는 길은 어디를 거쳐가야 덜 위험할 것인가, 프랑스와 스페인이 국경을 닫을 것인가 말 것인가 등. 물론 감염병과 상관없는 대화도 오갔다. 까의 은퇴 결정 대서사시, 우리의 여행기, 그들이 얼마 전에 본 에드워드 호퍼 전시, 작가들이 모여 에드워드 호퍼의 작품을 테마 삼아 단편 하나씩을 써 묶은 책, 이젠하임 제단화 보러 콜마르 갈 거라는 계획, 그들이 작년에 콜마르에서 보낸 휴가 이야기 등. 물론 그중에는 연두의 투병기도 있었다.

연두는 한편에 조용히 엎드려 우리 이야기를 듣다가, 제제와 프랑크가 차려준 저녁상이 거하게 마련되자 프랑크 옆에 가서 자리를 잡았다. 어린아이들이 조를 것 있으면 엄마 아빠보다는 이모 삼촌에게 조르듯, 연두는 식탁에 여러 사람이 있으면 가장 마음이 약할 것 같은 사람 앞에 가서 눈레이저를 쏜다. 우리 넷 중에는 프랑크 당첨. 프랑크는 연두의 입김과 눈빛을 못 이기고 빵과 햄을 떼어줘도 되냐고 물어보았다. 예전 같으면 안 된다고 했겠지만 지금은 조금 줘도 된다고 했다. 연두의 직감은 늘 옳다.

제제와 프랑크의 저녁 밥상.
새롭고 맛있는 음식에 상큼한
화이트와인까지.

제제네 가는 길, 차 안에서 신난 연두.
차 잘 타는 세련된 개.

19. 우리의 습관

넷이 4킬로미터 정도 아침 산책 후 거한 브런치 먹기.
프랑크가 연두를 예뻐해서 이것저것 먹을 걸 집어주니
연두는 그 옆을 떠나지 않았다.
연두는 나름 잘 지내지만 체력이 떨어지고 체중은 줄고
종양이 커지는 게 너무 명확히 보여 가슴이 철렁철렁 내려앉는다.

평소처럼 6시 반에 일어나 연두에게 약을 주고 산책을 나갔다. 연두가 아프기 전의 나는 아침밥을 먹기 전에는 절대 문지방을 넘지 않는 사람이었다. 아침을 든든히 먹는 걸 좋아하고, 아침 식사는 늘 일어나자마자였다. 아침을 먹어야 잠이 깨는 식이었다. 그런데 일어나자마자 연두에게 약을 먹이고, 나가서 오줌을 누이고, 다시 밥과 약을 먹이고 하는 일상이 반복되면서 나의 아침 식사 시간은 점차 늦춰졌다. 거의 평생을 유지한 습관인데, 9킬로그램짜리 털뭉어리 때문에 '잠들기 전 6시간 공복'처럼 실행 불가능해 보였던 '아침 공복에 30분 산책' 같은 습관이 생겨버렸다. 물론 점차 연두가 기운이 없어져 이제 30분 산책은 무리지만.

그렇게 아침 공복을 유지하고 있다가 제제와 프랑크의 주말 습관대로, 동네 얕은 산을 걸었다. 그들은 평소 10킬로미터 정도 걷는다고 하는데, 내가 신고 간 신발이 썩 적당하지 않아서 4킬로미터짜리 하이킹으로 조정했다. 연두는 요즘 한 번의 산책이 10분 정도이기 때문에 함께 가지 못했다. 다행인 것은 연두가 분리불안이 있는 개는 아니라는 점, 아침 산책을 다녀오면 다시 숙면을 취한다는 점이다. 제제와 프랑크는 연두를 두고 나가는 것에 마음이 편치 않다고 했다. 그러고 보니 나와 까는 어느덧 연두가 오래 걷지 못하는 것에 익숙해져 있었다. 올 봄만 해도 집 근처

들판에서 4,50분 산책도 종종 했는데.

제제와 프랑크는 은퇴해서 둘이 함께 살게 되면 개를 두 마리 입양해서 각자의 고향에 흐르는 강 이름으로 부르기로 했단다. 깜찍하다. 포르투갈과 독일에서 개를 사랑하는 사람들의 마음은 같겠지만, 다른 사람의 반려견과 마주쳤을 때 대하는 방식은 좀 다른 것 같다. 독일인들은 개가 먼저 관심을 표현하면 손을 내밀어 자신의 냄새를 맡게 해주지만 다른 개에게 쉽게 우쭈쭈거리진 않는 것 같다. 포르투갈인들은 손을 내밀어 냄새를 맡게 해 인사를 하긴 하지만, 다가가서 머리를 쓰다듬어주는 것에 훨씬 더 적극적이다. 내 기분이겠지만 독일에서는 개들도 딱히 다가와서 쓰다듬어달라고 하지 않는 것 같다. 사람이건 동물이건 독일의 사적 공간이 확실히 더 확고한 것 같다.

하이킹에서 돌아오는 길에, 독일식 빵과 크루아상을 사와 제제와 프랑크의 푸짐한 브런치 상을 받았다. 한국처럼 다양하고 맛있는 배달음식 같은 걸 기대하기 힘든 포르투갈에서 코로나19 이후 뭐라도 먹으려면 손수 요리해야만 하는 생활이 몇 달 지속된 뒤, 다른 사람이 차려주는 진수성찬을 받는 기분은 말로 표현하기 어렵다. 고맙고 감격스럽고 이게 무슨 호사인가 싶다. 게다가 요리사가 제제라면 더욱. 한국으로 치면 늘 김치찌개와 밥 찾는 사람 같은 까와 달리, 제제는 새로운 재료와 메뉴를 과감하게 시도하는 데다 그 시도가 늘 성공적이다.

하루는 "엄마, 난 이제 제일 좋아하는 음식이 남이 해주는 음식이야"라고 하자, 엄마가 "살림하다 보면 그래. 너도 어른 됐구나"라고 하셨다. 그 말에 난 한탄과 동시에 반성도 했다. 왜 인간은 매번 끼니를 먹어야 사는 존재일까 하는 한숨과 함께, 엄마도 남이 해주는 음식이 얼마나 좋을까. 엄마는 몇 번이나 남이 해주는 밥상을 받았을까. 남이 차려주는 밥상을 그렇게 좋아했으면서, 너무 당연히 먹기만 했구나. 너무 당연히 받기만 했구나. 미안해요 엄마. 곧 만나요. 맛있는 포르투갈 음식 해드릴게요. 사랑해요.

2o. 의연한 개와 그렇지 못한 사람들

비도 오겠다, 오늘은 집에서 연두와 하루를 보내기로.
하랄트네 집 화분 관리. 마른 잎, 죽은 꽃 잘라내고 집 앞 슈퍼마켓에서
식물을 사다가 심어놓았다. 비상계단과 담쟁이 화초들을 타고
아침마다 베란다에 찾아오는 붉은빛의 다람쥐를 위해
땅콩과 아몬드를 한쪽에 놓아두었다.
점심 무렵쯤 보니 어느새 땅콩이 없어졌다.
다람쥐건 새들이건, 먹어준다면 고맙다. 잘 먹고 건강하렴.

지난 주말 동안 제제네 집에 가 있느라고 우리 셋 다 피곤했다. 어차피 여행 중이긴 한데 하랄트네가 벌써 집 같아졌는지, 잠자리를 바꾸니 왠지 피곤하다.

오늘 기준 연두의 산책 최대 거리는 대략 300미터 정도인 것 같고, 체중이 줄고 종양이 커진 게 너무 확연히 보인다. 금색 털도 숱이 줄고 푸석해졌다. 여우꼬리 같던 크고 숱 많은 꼬리는 털이 줄어 가늘어졌다. 그래도 연두는 잘 먹고 잘 누고 잘 잔다. 간식 달라고 조르는 눈은 여전히 동그랗다. 콩 장난감에 간식 끼워주면 똑같이 좋아한다.

종양이 오른쪽 앞다리 시작되는 부분(즉 겨드랑이)에 있다 보니 왼쪽으로만 누운 지가 좀 됐다. 원래 연두는 어딜 놀러 가거나 다른 집에 가면 그 집에서 가장 편한 자리를 귀신같이 찾아내 앉아있곤 했는데, 지금은 의자나 침대에 뛰어오르질 못하니 푹신한 곳에 자리잡지 못한다. 아무데서나 잘 눕고 잘 자는 성격이라 여행 짐 꾸릴 때 이 녀석 잠자리 신경을 덜 쓴 게 잘못이었다. 연두용 담요를 가져오긴 했는데 침대나 소파처럼 푹신하지 않아서 그런지, 아님 지금 누워있는 시간이 많이 늘어서 그런지, 누워 있는 자리에 굳은살이 박히려고 한다. 털도 빠지고. 그래서 시내 동물용품점에 가서 푹신한 방석을 두 개 사왔다. 연두가 내 옆에 눕지 못하니 내가 연두 옆에 눕기로 했다. 이때는 몰랐지만 며칠 지나보니 굳은살인줄 알았던 것이 욕창이었다. 개에게도 욕창이 생기는 줄은 몰랐다.

연두가 침대로 뛰어오르지 못하게 된 건 두 달 정도 됐다. 처음에는 여름이니 바닥이 더 시원해서 바닥에 누워있는 줄 알았다. 어쩌면 날이 더워지기 시작한 때와 연두 도약 실력이 떨어진 게 겹칠지도 모르겠다. 평소 연두는 더울 때 마룻바닥에 누워 있는 걸 좋아했기 때문에 아무 의심을 하지 않았다. 그러나 여행을 와서 보니, 익숙하지 않은 장소라 어색한 것에 더해 원하는 장소로 뛰어오를 수 없다는 게 연두의 동선을 꽤 제한한다는 것을 깨달았다. 그렇다고 번쩍 들어올려 소파나 침대에 눕힌다고 그대로 누워 있는 개도 아니다. 자기 자리는 자기가 정해야 하는 개다. 곧 바닥에 내려달라고 한다.

많이 쓰다듬고 비비적거리고 싶지만 그럴 때마다 연두의 마른 몸이 만져져 가슴이 철렁한다. 이제 종양 빼곤 다 부피가 줄어드는 것 같다. 목욕시키고 싶은데 다리에 힘이 빠진 녀석을 어떻게 목욕시키나 싶다. 그나마 밥과 약을 잘 먹으니 얼마나 고마운 줄 모른다. 어쩌면 연두가 아픈 와중에도 개가 내게 의지하는 것보다 내가 연두에게 의지하는 게 더 클지도 모르겠다. 연두는 늘 점잖게 '밥은 먹었니?'하는 표정으로 나를 바라보니까.

개들의 마지막 순간이 어떤지 경험이 있는 나는 나대로, 경험이 없는 까는 까대로, 우리는 두려워하고 있다. 걱정하고 있다. 내 개가 겪을 고통을, 또 우리가 겪을 슬픔을 미리 곱씹는다. 사람이란 삶의 단계에 대해 그리 잘 이해하는 동물은 못 되는 것 같다. 미래를 계획하고 과거를 기억하는 대가로 사람은 현재를 받아들이는 것에 능숙하지 못한 존재가 됐다. 우리의 걱정과 두려움을 연두가 눈치채지 않길 바란다. 개들은 냄새로 반려인의 불안을 알아챈다고 하지 않는가. 나의 걱정을 이 녀석에게 옮기긴 싫다. 까와 나는 약해지지 말자고 다짐했다. 연두는 의연하니까, 우리도 그래야 한다고.

연두는 지금도 간식 달라고 내 뒤를 쫓아다닌다. 약 먹을 시간이 30분 남았다.

21. 우리는 모두 누군가의 아기

연두 옆에 앉아 하루를 보낸다. 책도 읽고 적당히 멍도 때린다.

하랄트의 책도 가끔 꺼내 본다(읽지 않는다. 본다).

코로나19 이후 밀도 낮은 생활에 익숙해졌다.

내가 이렇게 밀도 낮은 생활을 잘할 줄은 몰랐다. 습관 들기 나름.

연두가 다른 약을 줄 때는 안 그러는데 간 영양제를 주면 문자 그대로 뒷걸음질을 친다. 먹기 싫다 이거다. 개마다 습관이 다른데, 연두는 뒷걸음질을 잘 친다. 몇 걸음 정도는 몸을 뒤로 돌려 가지 않고 뒤로 걷는다. 아마 내가 개를 훈련시킬 줄 아는 사람이었으면 연두의 뒷걸음 습관을 이용해서 귀여운 트릭 같은 걸 개발했을지도 모른다. 그러나 난 개 훈련에 자질이 없는 사람이다. 인내심이 부족하고, 무엇보다 동기부여가 안 돼 있다. 연두는 헛짖음이 없고 목줄이나 가슴줄 사용에 거부감이 없었으며 분리불안도 없고 실외 배변을 했기 때문에 훈련이 필수적인 것 같지 않았다.

연두가 우리 집에서 어느 정도 적응이 된 다음, 난 연두와 함께 재미난 걸 하고 싶었다. 산책이야 늘 하는 거고, 뭔가 연두가 새로운 걸 배우면 재밌어 하지 않을까 싶어 클리커 훈련에 대한 자료를 찾아봤다. 클리커를 구입하고, 영상을 보고 글을 읽어가며 어떻게 훈련하면 되는지 공부했다. 처음 산 클리커에는 연두가 거의 반응하지 않았다. 그렇다. 연두는 약간 가는귀가 먹은 개다. 천둥과 진공 청소기 소리에도 끄덕 않던 견공 아니신가. 더 큰 소리가 또깍 나는 클리커를 다시 구입했다. 두 번째 소리에는 반응했다. 간식을 최대한 작게 잘라 보상으로 준비하고, '앉아'와 '엎드려'를 시작했다. 두 가지를 마스터하고 '기다려'를 연습했다. 연두는 잘했다.

엎드려 자세로 꽤 기다릴 수 있게 되었을 때 즈음, 정기 검진을 위해 동물병원에 갔다. 그런데 문제가 생겼다. 연두의 몸무게가 11킬로그램에 가까웠기 때문이다. 처음 연두를 입양했을 때는 9킬로그램, 지난번 동물병원 방문 때는 10킬로그램이었다. 몇 달 새에 1킬로그램이 불어난 걸 보고, 수의사가 체중 조절을 하는 게 좋겠다고 했다. 간식을 보상으로 주는 클리커 훈련을 하고 있다고 했더니, 훈련도 좋은데, 1킬로그램이 별 거 아닌 것 같아도 몸무게의 10퍼센트가 단기간에 늘었으니 발과 심장에 무리가 갈 수도 있다는 이야기를 들었다. 오래 달리지 않고 성품이 점잖은 개가 체중을 유지할 수 있는 방법은 덜 먹는 수밖에 없었다. 연두는 딱히 다른 보상에 반응하는 개는 아니어서, 안타깝지만 훈련을 중단했다. 내가 좀더 훈련된 인간이었다면 음식을 보상으로 하지 않는 훈련이 가능했을 수도 있겠지만, 개를 훈련할 수 있는 인간이 되는 훈련은 도대체 어디서 받을 수 있는 건가?

연두의 다른 습관은 잠투정이다. 저녁 밥상을 치우고 티비를 본다거나 책상이나 컴퓨터 앞에 앉으면 연두가 와서 말한다. "자 빨리 나를 재워 줘!" 물론 눈빛으로. 우리가 제때 반응하지 않으면 계속 쫓아다니거나 제 턱을 내 무릎에 괴며 온몸으로 원하는 바가 있음을 표현한다. 그럼 우리 둘 중에 하나는 소파나 길다란 의자에 앉아 연두의 쿠션이 돼 주어야 한다. 담요도 적당히 덮어주고. 연두는 나나 까의 배 위에 기대 잠이 들곤 한다. 한번 잠이 들고 나면 우리가 일어나도 잘 깨지 않는데, 연두를 소파에 두고 침대로 자러 가면 혼자 자다가 새벽녘에 우리 침대로 들어와 함께 잔다.

돌이켜보면 늘 잠투정이 있었던 것은 아니었다. 처음에는 잘 시간이 되면 알아서 자기 침대로 가서 자다 새벽에 우리 침대로 오는 식이었다. 우리 개는 11시가 되면 알아서 자기 자리로 가네? 정확한데? 어떤 계기가 있어 잠투정이 생기게 되었는지 기억나지 않는다. 그러나 우리와 생활하면서 점차 연두의 아기 같은 면이 드러나는 것 같아 좋았다. 믿고 사랑하는 상대에게는 자신의 가장 아기 같은 면도 부끄러워하지 않고 보여주게 되니까. 연두는 나의 아기.

물론 연두와 관련된 까와 나의 습관도 있었다. 서로 연두는 자기 개라고 우기는 것이었다.

"연두야 이리 와!"

"연두야라니, 내 개한테 무슨 말버릇이야? 내 개는 고귀하신 두까 두까웅 공작 연두Vossa Excelência Duque de Duca Ducão Yondu님이시다!' (연두의 두자를 따서 포르투갈식 애칭으로 두까Duca, 혹은 두까웅Ducão이라고 부르곤 했는데, 포르투갈어로 두끄Duque는 공작이라는 뜻이기 때문에 국제 공통 아재 감각으로 이렇게 이어 붙였다)

"무슨 소리, 내 개라고!"

"내 개라니까!"

(여러 번 반복)

(연두는 어느덧 내 배에 머리를 기대고 숙면 중)

우리는 이 말다툼을 지치지도 않고 꾸준히 했다. 서로의 애 같은 면을 그대로 드러내면서.

잠투정 후 까의 배 위에서 잠든 연두.

어젯밤에 연두가 아팠다. 그러다 보니 나도 잠을 제대로 못 잤다.

밥을 시원하게 안 먹드라만. 약도 제대로 안 먹는다는 뜻이다.

결국 오늘 닭고기와 육수를 사료와 함께 주니 싹 먹어 치웠다.

밥과 약을 후다닥 먹는 놈을 보니 두통이 다 사라졌다.

점차 0개 국어 사용자가 되는 중이다.

한국어를 읽거나 듣는 거 말고 말하는 기회는 엄마, 몇 안 되는 한국 친구들뿐이다. 요즘 보이스톡이니 뭐니 무료 전화도 많은데 전화하면 되지 않냐고? 그게 또 내 체질이 아닌 것이다. 엄마와는 딸이 잘 살고 있다고 안심하시라고 통화하고, 혼자 사시는 엄마 안부를 확인하기 위해서 통화한다. 성품에 맞지 않는 일의 한계가 있는 법인데, 그게 엄마와의 수다로 다 끝나버린다. 그러다 보니 요즘은 고유명사나 사자성어 생각 안 나는 것은 기본이고, 내가 말한 문장이 바람 빠진 타이어 덜컥거리듯 뭔가 매끄럽게 굴러가지 않는 느낌이다.

포르투갈어는 쉬운 단어도 생각이 안 난다. 포르투갈로 이사 온 뒤 어학당에서 C1까지 배웠지만, B1 수준의 문장도 주구장창 틀린다(리스보아 대학교에 개설된 외국인을 위한 포르투갈어 수업은 A1부터 C2까지 6단계로 나뉘어 있다. 포르투갈어 능력시험 역시 이 구분에 따라 친다). 그도 그럴 것이, 안 그래도 짧은 말이, 코로나 이후로 만나는 포르투갈 사람이 확 줄면서 더 짧아졌다. 전반적인 사회 생활이 줄었으니 당연하다. 포르투갈인과 살면 포르투갈어를 잘하게 되느냐, 딱히 그렇진 않다. 물론 처음 포르투갈에 왔을 때보다는 늘었다. 그러나 나의 어눌한 말을 알아듣는 까의 눈치도 늘었기 때문에 수준이 딱히 높아졌다고 보긴 힘들다. 게다가 까가 내 말을 못 알아들으면 '아니 그런 것도 못 알아 듣나, 같이 산 지가 몇 년인데'하고 불평까지 한다. 그렇다고 까 가 내 포어를 수정 안 해주는 건 아니다. 매번 수정해준다. 근데 내가 말할 때는 뭔가 얘기하고 싶은 게 있기 때문에 입을 뗀 것 인데 두 단어도 말하기 전에 빨간 펜이 들어오니, 이건 얘기를 하는 것도 아니고 안 하는 것도 아니다.

어젠 공연히 까한테 "너도 이제 시간이 많으니 한국어를 좀 배우시지?"라고, 해봤자 안 들을 거 아는 협박을 했다. 까는 앉 아서 공부하는 성격이 아니니 한국어 독학 같은 것을 할 리가 없다. 물론 한국어에 대한 호기심이 없지 않다. 이것저것 물어 본다. 단어도 이것저것 안다. 그러나 가갸거겨도 모르는 사람 이 대뜸 왜 한국어 문장은 모두 '-다'로 끝나냐는 질문을 하니, 뭐 라고 대답할지 난감하다. 까가 한국어가 왜 필요하겠냐고. 한국 가면 내가 다 통역해줘, 타고난 애교로 가족들 다 휘감아, 모르 는 사람하고도 손짓발짓 의사소통 다 돼, 부족함이 없는데. 까 는 외국어 능력은 몰라도 의사소통 능력은 꽤 높은 사람이다.

내가 포르투갈 뉴스나 신문도 잘 보지 않는 건, 한국 뉴스에 비하면 너무나 태평해서 이게 뉴스냐 싶기 때문이다. 역시 다이 내믹 코리아. 책은 더욱 그렇다. 정보를 얻기 위한 책이 아니라 즐거움을 위해 읽는 책은 한국어로 읽고 싶다. 이 단어가 몇 가지

스페인 아빌라에서 마드리드로 가는 길.
우리는 연두와 함께 스페인 여행을 몇번 했는데,
연두가 자동자 여행을 좋아해서 가능했다.

의미 중 어떤 경우인지를 고민하기보다는 이야기에 푹 빠져들고 싶다.

전공이었던 스페인어는 읽고 알아듣기야 별 문제 없지만 역시나 말하기 모드를 스페인어로 맞추기 위해서는 며칠이 걸린다. 지금 내 머리의 외국어는 포르투갈어 버튼 자리에 불이 들어와 있다(그 버튼도 영 부실). 포르투갈어 버튼을 끄고 스페인어 버튼을 누르는 데에 이틀은 걸린다. 즉 스페인에 가서 이틀은 있어야 스페인어가 술술 나온다. 그 이틀 동안은 내가 하는 말이 포르투갈어인지 스페인어인지 나도 모르고 아무도 모른다. 여기 사람들이 포르투뇰이라고 부르는, 포르투갈어와 에스파뇰(스페인어)이 합쳐진 말이 나의 전공이 됐다. 이번 여행 중 스페인어를 간만에 연습하려나? 그런데 스페인에 이틀 묵고 지나가니 그게 될 리가 없다. 결국 지금 나는 독일에 있으면서 포르투갈어 더듬, 영어 더듬, 한국어 더듬거리며 산다.

개와 이야기하기 위해 외국어를 배울 필요가 없다는 것이 얼마나 다행인가. 개 언어는? 꽤 알아듣는다. 그동안 똘이, 연세, 연두에게 착실히 배웠다. 한국 개 똘이와 포르투갈 개 연두는 같은 언어를 사용한다. 난 포르투갈 개 친구가 포르투갈 사람 친구보다 많을지도 모른다.

어제 '모으다'라는 포르투갈어 단어가 생각 안 나 까와 투닥투
닥하다가 현실을 깨닫고 쓰는 글.

23. 노견 반려인, 혼자가 아니다

― ― ― ― ― **프랑크푸르트 → 다름슈타트**

다름슈타트Darmstadt에 반나절 동안 다녀왔다.

사진으로만 보던 건물이 여기 있다는 건 3일 전쯤 알았다.

놀라운 건 이 건물 뒤에 바로 알디 슈퍼마켓이 있을 정도로

그냥 평범한 거주지라는 것.

다른 날처럼 새벽에 한 번, 다름슈타트로 출발하기 전 한 번 연두와 산책을 했다. 오전 산책 때 집 근처에서 전에도 한 번 본 적 있는 퍼그 강아지를 만났다. 혀를 한쪽으로 빼물고 천천히 걷는 게 나이가 꽤 있거나 어딘가 아픈 게 분명해 보였다.

마침 연두도 만만찮게 천천히 걷고 있었으므로 퍼그의 인간 여성과 나는 미소를 주고받았다. 둘 다 느리구나, 하면서. 개들의 나이를 묻고 이름을 묻고 손을 냄새 맡게 해주고 간단한 대화를 나눴다. 퍼그의 이름은 코시마. 나이는 열두 살. 연두도 공식적으론 열두 살.

공원과 길거리에는 주인과 공놀이를 하고 힘차게 뛰어다니는 개들만 보인다. 우리의 나이 많은 친구들은 집에서 보내는 시간이 길기 때문에 눈에 잘 띄지 않는 것이겠지. 예전에 30분 산책하던 게 지금은 10분으로 줄어서 그만큼 잘 안 보이는 것이겠지. 노견은 알고 보면 어디에나 있을지도 모른다. 노견이 아플까 봐 나처럼 전전긍긍하는 인간들도 어디에나 있을지도 모르고.

어린 강아지의 사진을 여기저기 올리고 자랑하듯, 우리의 나이 많은 친구들 이야기도 더 많이 해야 한다. 나도 안다. 푹신한 곳을 찾아 누워 있는 녀석들의 모습은 그리 포토제닉하지 않다. 그래도 내 개의 늙음에 대해, 삶의 한 부분인 아픔에 대해 이야기하면, 내 이야기를 듣는 다른 노견의 인간들이 조금 덜 외롭

과학, 공과대학 등으로 유명한 다름슈타트.

아르누보(독일어로 유겐트슈틸) 운동으로도 유명한 도시이기도 하다.

사진에 보이는 마틸덴회흐Mathildenhöhe 지역에

유겐트슈틸 예술가들이 모여 살고 함께 작업을 하며 영향을 주고받았다.

이 예술가 거주지역은 2021년에 유네스코 문화유산으로 지정되었다.

왼쪽에 보이는 탑은 결혼식장으로 사용하는 '손가락 다섯 개'탑.

러시아 정교회 소성당은 러시아의 마지막 황제

니콜라이 2세의 황후 알릭스가

이곳 다름슈타트 출신이기 때문에 개인 소성당으로 건설되었다고.

지 않을까. 나 혼자만 아픈 개 돌보는 거 아니구나. 내 개가 아프다는 걸 이야기해도 괜찮구나. 내가 힘들다는 걸 이야기해도 괜찮구나.

나이 많은 개, 아픈 개를 돌보는 당신, 혼자가 아니다. 월급의 상당 부분을 동물병원비와 약값에 쓰는 반려인, 절대 유난스럽지 않다. 가끔 힘들어서 울고 싶다가도 녀석들의 눈을 보면 맘껏 울기도 쉽지 않은 당신, 위로 받을 자격이 있다. 누군가는 손을 내밀어 주어야 한다.

나의 경우에는 엄마, 친구들, 연두를 좋아하는 친지들, 한 번도 직접 만난 적은 없지만 연두의 소식을 궁금해하는 SNS 지인들이 아픈 개를 돌보는 나를 위로해 주었다. 무엇보다 까와 나는 서로에게 기댈 수 있었다. 혹시라도 가까운 가족이나 친구들이 늙은 개를 돌보는 마음을 잘 헤아려주지 않아 외로운 사람이 있다면, 나의 글이 위로가 되었으면 좋겠다.

코시마와 헤어지면서 두 녀석들의 안부를 빌었다. 오래 아프지 말렴. 우리에게 사랑 많이 주느라 그동안 애썼다 애들아. 고맙구나. 사랑한다.

타일로 장식된 건물 외벽에 건축 회사 이름과
설립 연도가 디자인된 타일이 붙어 있다.

다름슈타트 반나절 여행의 이유는 이 건물, 발트슈피랄레,

나선형 숲이라는 뜻의 건축물이다.

오스트리아 건축가 훈데르트바서의 건물로,

직선 없이 곡선과 나선형으로 만들어졌고 다양한 색채가 사용됐다.

1,000개가 넘는 창문은 하나도 모양이 같은 것이 없다고 한다.

2000년에 완공되었을 때부터 지금까지 거주용 건축물이기 때문에

현재 건물 안으로 들어가 볼 수는 없다.

관광객이 몰려들 것 같은 외관인데 바로 뒤에

평범한 슈퍼마켓이 있어서 놀랍기도 하고,

거주지로서의 건물 용도를 지키고 있는 것이 장하다.

24. 안락사, 올바른 때는 언제일까

까가 연두의 안락사 이야기를 꺼냈다. 며칠 뒤
긴 여행을 시작해야 하는데, 여행 중 상황이 안 좋아지면
어떻게 하냐고, 차라리 여기 있을 때 이웃 레나트의 도움을 받아
수의사를 소개받는 게 어떠냐고 물었다.
나는 연두가 사료를 안 먹을 뿐 서렇게 고기와 간식을
잘 먹고 찾기도 하니, 아직 때가 아닌 것 같다고 했다.
난 개에게 사람 음식 주면 안 된다는 규칙 따위는 싹 잊어버리고,
연두가 먹는 거라면 무엇이든 줄 것이다.
그래야 약을 먹고 그래야 덜 아플 테니까.

지난 2월, 연두가 간염 때문에 갑자기 아플 때, 까는 '우리 언젠가 연두를 안락사시켜야 되는 걸까'하고 물었다. 난 '그럴 수도 있지만 지금은 아냐'라고 대답했다. 그때 많이 아프긴 했지만 어쨌든 밥도 잘 먹었고 기운도 좋았기 때문이다. 대답은 그렇게 했지만 그 좋아하는 밥그릇 앞에서 비틀거리며 겨우 서 있을 정도로 아파하는 녀석을 보며 까와 나는 서로 손을 마주잡고 꺼이꺼이 울었다. 아직 멀리 있을 줄 알았던 이별의 날이 갑자기 훅 닥친 느낌이었다. 다행히도 연두는 일주일 정도 치료 후에 회복되었다.

오늘 까가 다시 같은 주제를 식탁에 올려놓자 난 그때처럼 자신 있게 대답할 수 없었다. 다만 당장은 아니라는 느낌만 올 뿐이었다. 그러나 까의 의견에도 일리가 있었던 것이, 연두는 부쩍 기운 없어 했다. 산책은 이제 산책이라고 부르기 힘들 정도로 연두는 거의 걷지 않는다. 아파트 현관문 앞에 오줌 누는 걸 방지하려면 연두를 안고 몇 미터 걸어 나가 잔디밭이나 나무 아래 내려주어야 한다. 집으로 돌아가는 2,500킬로미터의 여행을 과연 어떻게 견딜까도 걱정이었다.

까와 나는 개가 고통을 오래 겪지 않도록 때가 되면 마음을 결정해야 한다는 점에서는 의견이 같았다. 그러나 언제가 과연 그때일까. 까에게는 밥 잘 먹으면 아직 때가 아니라고 했지만,

나의 첫 번째 개 똘이는 병세가 심하지 않아 보이는 상태였지만 밥은 잘 안 먹었었고, 두 번째 개 연세는 마지막 이틀은 꽤 아팠는데도 밥을 잘 먹었다. 개들마다 늙고 아픈 증세가 다 다르다. 그리고 똘이와 연세에 대해서는 나와 우리 가족이 안락사와 같은 어려운 고민을 할 필요가 없었다.

지금이 결단을 내려야 하는 때인지 아닌지 어떻게 알 수 있는가. 연두가 직접 알려주지 않으니까와 내가 결정할 수밖에 없다. 어깨가 무겁다. 나보다 먼저 고민한 사람들이 분명 있을 테니 인터넷을 뒤졌다. 한글 자료는 그다지 실용적이지 않았다. 담당 수의사와 상의해 보라는 이야기가 대부분이었다. 상의는 해도 어차피 결정은 내가 내려야 하는데. 영어로 검색하자 좀 더 실제 상황에 적용 가능한 문항들이 나왔다. 여러 조언들을 추려 보면 다음과 같았다.

1. 내 동물이 약물로 조절 안 되는 만성 통증을 겪고 있는가?

   (연두의 통증은 약으로 조절하고 있었으나 어제부터는 약을 먹어도 통증이 있는 듯 가끔 숨을 헐떡거리는 상태)

2. 계속 토하거나 설사를 해서 체중이 줄고 탈수된 상태인가?

   (위장약 때문에 토하지 않고 있지만 체중은 줄음)

3. 잘 먹지 않거나 강제로 먹여야 하는가? (다행히 잘 먹음)

4. 대소변을 조절하지 못하는가? (소변을 예전만큼 참지 못해 실외 배변을 위한 외출을 자주 하고 매너벨트 착용. 대변은 잘 조절)

5. 좋아하던 놀이나 활동─산책, 장난감, 다른 동물과의 만남, 가족이 쓰다듬어주는 것 등에 흥미가 없어졌는가? (우리 밥상 옆에서 눈레이저는 계속해서 쏘고, 간식 넣어주는 콩 장난감은 아직도 좋아함. 산책 자체에 대한 흥미는 떨어진 듯, 냄새 맡기를 거의 안 함)

6. 혼자 서 있지 못하거나 넘어지는가? 혼자 힘으로 걷지 못하는가? (집 밖에서는 거의 걷지 않음. 집 안에서는 내 뒤를 잘 따라다니는 편)

7. 만성적인 호흡 곤란이나 기침이 있는가? (없음)

8. 가족과 교감하는가? 가족과 함께 있고 싶어하는가? (그렇다. 내 옆에 있고 싶어함)

전문가들은 100퍼센트 옳은 때는 없고 완벽한 시간은 없다고 한다. 악화되는 것이 분명한 순간에도 어느 날은 조금 컨디션이 나아지기도 하지만 그것이 병이 낫고 있다는 뜻은 아니므로. 그리고 동물에 관해 가장 잘 아는 사람은 바로 당신이므로 직감을 믿으라고 했다. 여러 전문가의 조언 중 내게 가장 위로가 된 말은 '아직 결정하지 못했다면 기다려도 된다. 일주일 정도는 더 생각해 봐도 괜찮다'였다. 난 문항 3번과 8번 때문에 조금 더 기다리기로 했다.

나는 우리 셋이 모두 익숙한 환경에서 연두가 편안히 마지막을 맞이하길 바란다. 우리 집이면 더할 나위 없겠고, 안락사를 결정하더라도 연두가 다니던 동물병원이면 좋겠다. 언어도 안 통하고 알지 못하는 수의사가 있는 곳이 아니라.

들판 연두.

25. 음악 없는 치즈, 이별 없는 현재

원래 우리가 제제네 집으로 가려고 했으나
연두가 움직이기 불편하니 제제 커플이 프랑크푸르트로 왔다.
주말 부부인데 2주 연속 우리에게 시간을 내주다니 고마울 따름.
프랑크푸르트 전통 음식과 사과주＋탄산수를 마시고, 커피 마시고 산책.
콩 장난감에 당근을 넣어주곤 했는데, 연두는 이제 그걸 깨물 힘이 없다.
물렁한 과자를 넣어준다.

제제네에서 덜 가져온 물건도 있고, 까가 받아올 서류도 있고 해서 제제네 도시로 반나절 나들이를 할까 했다. 하지만 연두가 이동이 불편한 상태라는 것을 알고 제제와 프랑크 커플이 프랑크푸르트까지 와주었다.

제제는 박사과정을 하는 동안, 프랑크는 일 때문에 프랑크푸르트에서 살았었다. 제제가 학교 다닐 때 살던 동네이면서 우리가 7년 전 독일 여행했을 때 잠깐 묵었던 동네로 가서 현지인 스타일 식당에 들어갔다. 간판엔 아펠바인(사과주)을 담는 흰색과 푸른색이 섞인 단지가 걸려 있고 안뜰엔 큼직한 나무가, 나무 그늘 밑엔 긴 나무 식탁과 등받이 없는 긴 의자가 있었다. 분위기로 봐선 동동주에 빈대떡과 도토리묵을 팔아도 하나도 이상하지 않을 장소였다. 우리의 인적 사항을 적자 독일어로만 된 메뉴판이 나왔다. 주문은 현지인들에게 맡기고 난 그동안 익숙해진 독일어 단어 몇 가지를 이리저리 굴려가며 메뉴판 해독을 시도했다. 먼저 아펠바인 한 단지와 탄산수를 주문해 섞었다. 아펠바인만 마셨을 때보다 청량한 맛이 더해져 좋았다.

그러던 중 겨우 해독된 음식 이름이 있었으니 한트케제 미트 무지크. 음악과 함께하는 수제치즈? 한 주점에서 모듬전보다 2천원 비싼 '모듬전과 사랑이야기'가 궁금해서 주문해봤더니 모듬전을 가져다준 주인장이 탁자에 앉아 자기의 사랑 이야기를 들려줬다는 얘길 들었는데, 여기도 그런 풍류가 있나? 이 음악은 뭐냐고 물었더니 제제와 프랑크는 쓱 웃고는 음식 이름이 원래 그런 거라고 했다. 포르투갈에는 19세기 시인의 이름을 딴 조개 요리 '불랴웅 파투'가 해산물 식당에서 가장 흔한 음식이고 한국에도 '임연수어'나 '도루묵' 같은 특이한 이름의 생선이 있으니, 치즈가 들어간 음식 이름에 '음악'이 들어가는 게 무슨 대수인가, 하고 더 캐묻진 않았다.

식초에 절인 치즈에 잘게 저민 생양파가 올라가 있고 빵에 버터를 발라 치즈를 얹어 먹는 전채를 한 입 베어 물으니, 앞에 앉은 프랑크의 표정은 한국인이 외국인에게 김치 처음 먹였을 때의 표정이었다. '어, 어때? 머, 먹을 만하니?' 하는. 치즈의 시큼한 맛에 더해진 생양파가 적응이 안 되긴 했으나, 버터 바른 빵이 신맛을 적당히 눌러주었다. 음, 뭐 나쁘지 않은데? 하며 한 입 두 입 먹다 보니 삶은 계란, 감자와 함께 먹는 그뤼네 소스, 푹 삶은 돼지고기, 소시지 등이 나왔다. 내 인생에 못 먹는 음식이란 없다. 아직 못 먹어본 음식과 덜 좋아하는 음식이 있을 뿐이다. 나중에 찾아보니 그 음악이란, 식초와 양파 때문에 생기는 방귀를 시적으로 표현한 것이란다. 이 사람들 참.

그 동네에서 먹을 만하다는 커피를 찾아 마시고, 한 바퀴 동네 산책을 했다. 하랄트의 집과 우리가 점심을 먹은 동네는 관

프랑크푸르트 비어가르텐 간판.
아펠바인을 담는 단지가 간판에 매달려 있다.

우리가 먹은 한트케제 미트 무지크.

광지에서 약간 떨어져 있으면서도 적당히 북적이고 역동적인 동네다. 7년 전 이곳을 여행할 때 내게 가장 인상적이었던 건 활기 넘치는 주말 시장이었다. 감염병으로 인해 시장이 서지 않아 섭섭했지만 그래도 동네는 활기를 잃지 않아 반가웠다. 활기 넘치는 동네에 활기 넘치는 주민들이 있는 곳이라면 활기 넘치는 개들이 있다. 그 녀석들을 보니 우리 개가 생각나 후딱 집으로 돌아와 연두의 품에 안겼다.

활기 넘치는 개들이라. 얼마 전에 포르투갈에서 지내다가 지금은 한국에 돌아간 분이 연두의 몇 년 전 모습을 '그때는 점프도 참 잘했는데!'라고 회상하는 걸 보곤 머리를 한 대 맞은 것 같았다. 나는 어느새 나이 들어 느릿한 연두에 익숙해져 있었던 것이다. 연두도 분명 바닷가 모래사장을 뛰어다니고 강변 풀밭을 뛰어다니던 때가 있었다. 길고 높은 계단을 힘차게 뛰어오르며 목줄을 잡은 까를 오히려 끌어주던 때도 있었다. 지인의 회상을 듣고 깜짝 놀란 걸 보니 요즘 나의 머릿속은 느린 연두로만 가득한 모양이다. 개와 가깝게 지내다 보니 현재를 사는 개처럼 나도 현재만 살게 되었나?

인정한다. 나는 현재가 중요한 사람이다. 과거 얘기는 꼰대의 몫이고 미래 걱정은 걱정공장 직원의 몫이라고 늘 주장해왔다.

까는 나보고 '걱정스러울 정도로 걱정이 없다'고 한다. 그렇다고 미래에 대한 걱정이 하나도 없나? 과거에 대한 그리움이 하나도 없나? 난 연두가 얼마나 더 아플지 걱정한다. 당연히 연두가 아프지 않던 때가 그립다. 그러나 늘 걱정하고 늘 그립진 않다. 연두가 아픈 것이 속상하지만 그래도 장난감에 눈을 빛내는 것이 기쁘다. 인자한 얼굴로 날 바라보는 개의 갈색 눈에 행복해진다. 그래도 알고 싶다. 느릿한 노견의 모습과 신나게 모래사장을 뛰어다니는 젊은 개를 동시에 떠올리는 방법을.

그러나 어쩌면, 과거를 제대로 떠올리지 못하고 미래 걱정에 소질이 없는 두뇌 구조 때문에 꾸준히 개와 함께 사는지도 모르겠다. 동물과 함께 살다가 떠나 보낸 이후 아픔과 슬픔이 너무 커서 다시는 동물을 기르지 않겠다고 다짐하는 사람들이 있는가 하면, 어느 정도의 추모 기간을 갖다가 곧 새로운 동물가족을 맞이하는 사람도 있다. 난 후자다. 나의 뇌는 과거를 선택적으로 기억하고 미래에 대한 걱정에 게으르다. 개와 함께 살 때의 행복한 순간들이 언젠가 닥칠 이별의 슬픔을 압도한다는 걸 경험으로 알게 된 후, 난 꾸준히 개와 함께 사는 사람이 되었다. 어쩌면 난 그저 개 없는 허전함을 견딜 재주가 없는 사람일지도 모른다. 언젠가 연두 없는 날이 다가오겠지만, 지금 쌓아두는 연두와의 즐거움이 훨씬 크니 걱정하지 않기로 한다.

나이는 들어도 여전히 모래사장은 좋다.

집주인인 하랄트가 내일 저녁에 돌아온다.
까와 오랜 친구임을 감안해서 하루를 그와 보내고,
그 다음 날에 우린 출발한다.
집 청소와 정리는 내일 하기로 하고, 오늘은 산책하고 커피 한 잔,
예쁜 집을 쓰게 해준 것에 감사하는 마음을 담아
이 집 화분을 다듬고 새로 꽃을 심어놨다.
연두는 잘 먹고 잘 누고 잘 자지만 잘 걷지 못한다.
집까지 가는 길, 무탈하길 바랄 뿐. 독일이나 프랑스, 스페인이라고
동물병원이 없겠냐만은, 병원을 가더라도
연두를 잘 아는 곳으로 갔으면 한다.

집으로 돌아가는 여정을 정했다. 일단 프랑크푸르트를 출발해서 프랑스의 콜마르Colmar에 가기로 했다. 이제껏 가볼 기회가 없었던 곳인데다가, 콜마르의 운터린덴 미술관에서 이젠하임 제단화를 보고 싶기 때문이다. 콜마르에서 집까지 약 2,000킬로미터의 여정은? 바르셀로나와 카탈루냐 쪽의 코로나 상태가 심각하다고 해서 프랑스-스페인은 올 때처럼 지중해 쪽 말고 대서양 쪽 국경으로 넘기로 했다. 대도시를 피하면서 최단 노선에서 너무 멀지 않은 곳 중 페히괴Périgueux라는 도시를 택했다. 스페인에서는 나도 까도 한 번도 안 가본 히혼Gijón을 선택했다. 히혼에서 포르투갈 집으로 곧장 돌아갈 수도 있지만, 까의 직장 동료가 부모님 고향 마을에 집을 샀다며 한번 다녀가라기에 스페인-포르투갈 국경에서 그리 멀지 않은 산골 마을에 들렀다가 집에 가기로 했다. 성수기지만 숙소를 구하는 건 어렵지 않았고, 한 도시에 최소 이틀은 묵기로 했다. 사실 독일 바이에른 지역, 룩셈부르크, 프랑스 남부, 스페인 등에 만나고 싶은 지인이 있기는 했지만 요즘 같은 때에 여행하며 누군가를 만나는 것은 피차 부담스러운 일인 것 같아 다음으로 미뤘다.

언제까지 집에 돌아가야 한다는 시간 제한 없이 여행하는 건 큰 행운이다. 연두가 건강했더라면, 감염병이 없었더라면 우리의 여행 일정은 좀 달라졌을지도 모른다. 더 길어졌을 수도 있고, 혹은 예상과 달리 집에 더 일찍 돌아갔을 수도 있다. 어느 여름처럼 관광객이 넘쳐나 인파에 지쳐서 혹은 적당한 숙소를 구하지 못해서.

어차피 우리가 예상하는 대로 삶이 흘러가진 않으니, 오늘 오후의 날씨 정도만 예상하기로 했다. 연두의 질병 역시 예상하지 못했다. 처음부터 심장에 문제가 있었으니, 심장이 우리를 걱정시킬 줄 알았다. 몇 달 전 간염이 있다는 걸 알게 된 이후로는 간 때문일 줄 알았다. 그런데 겨드랑이에 생긴 종양이라니. 까와 나는 이제 연두가 우리와 집에 돌아갈 수 있을지 없을지도 예상할수가 없다. 그러니 우리는 연두와 함께할 오늘 오후 정도만 예상하기로 했다. 연두는 푹신한 방석에 누워 잠이 들고 나는 그 옆에 앉아 하랄트의 책을 들춰 보고, 까는 거실 소파에 앉아 포르투갈 신문의 인터넷판을 읽을 것이다. 간단히 저녁을 먹고 연두는 닭고기와 약을 먹을 것이다. 예상 가능한 평화로운 오후.

하랄트네 베란다에 걸어놓을 화분들.

27. 책으로 여행을 기억하기

오전에 옥스팜 서점에서 3유로에 영어로 된 독일 조각 관련 책 득템,

독일의 다이소라는 테디에서 10유로에 연두 방석 큰 걸로 구입.

(저번에 산 척추보호 기능 있는 쿠션이 좀 작았다. 연두가 내 기억보다 길었던 것)

오후는 청소와 정리로 불살랐다. 연두는 새 방석에 완벽 적응.

옆집 바스코가 간만에 놀러 왔다. 쓰다듬을 받은 뒤 물 한 잔 마시고

점잖게 앉아 있다 레나트와 함께 산책하러 나갔다.

신기하게도 연두와 바스코는 서로 1퍼센트의 관심도 보이지 않는다.

경계도 친밀함도 흥미도 없는 두 남자.

여행 중 서점 가는 걸 좋아한다. 동네 서점, 대형 서점, 중고 서점, 고서점. 미술관이나 박물관에 딸린 서점도 좋아한다. 미술관 서점에는 전시 카탈로그뿐만 아니라 일반 서점이나 인터넷 서점에서 만나기 힘든 좋은 미술책들이 의외로 많다. 표지를 보고, 손으로 겉면을 한 번 쓸어보고, 종이를 촤라락 넘겨 촉감을 느끼고, 목차를 훑어보고, 저자의 프로필을 본다. 판권 페이지도 본다. 읽을 수 있는 언어라면 첫 한두 페이지를 읽어본다. 읽을 수 없는 언어라면 책의 사진이나 그림을 본다. 꽉 짜인 일정 없이 하는 여행에서 어슬렁거리며 걷다가 들어간 서점에서 마음에 드는 책을 만나는 것이 나의 여행 중 큰 기쁨이다. 게다가 요즘은 책방 주인장들이 SNS를 하며 근황을 알려주니, 집에 돌아온 다음에도 그곳이 어떻게 돌아가고 있나 아는 재미도 있다.

마드리드, 런던, 에딘버러 등에서 지나가다 들어간 서점들은 지금도 늘 궁금하다. 두리번거리다 들어간 서점에서 우렁찬 목소리로 차 한 잔을 권했던 에딘버러의 젊은 주인장, 주인장만큼이나 오래된 공간에서 중고 책과 고서적을 팔던 마드리드의 서점, 그곳의 주인장 하이메 할아버지가 취미 삼아 그린 그림이 붙어 있던 벽, 런던 한 서점 구석에 놓인 안락의자에 앉아 읽었던 책, 눈과 마음이 모두 즐거웠던 마드리드의 그림책 전문 서점. 그림책 전문 서점에서 팔던 그림책 작가의 판화와 하이메 할아버지가 취미 삼아 그린 작품 몇 점은 지금도 우리 집에 걸려 있다. 내게 서점은 개 만큼이나 도시의 인상을 결정하는 곳이다.

35년을 꽉 채워 산 서울에 가도 이제는 여행하는 느낌이 들기 때문에 여행자의 마음으로 도시를 보고 여행자의 마음으로 서점에 들어간다. 그런데 한국의 대형 서점은 대부분 지하에 있고 천정이 낮아 공기가 안 좋아서 그런지 머리가 아프다. 게다가 왜 서점에서 안마기를 파는지, 알 수가 없다. 처음 서울 중심가의 대형 서점에 가본 까는 깜짝 놀랐다. 서점이 너무 크고 멋지다고. 그런데 한참 둘러본 뒤 실망한 듯 말했다.

"서점이 이렇게 큰데 포르투갈어로 된 책이 하나도 없네."

"포르투갈에서 제일 큰 서점 가도 한국어 책 없잖아."

"포르투갈 서점은 이렇게 크지 않잖아."

맞는 말이다. 어쨌든 포르투갈인들이 전 세계에 많이, 골고루 퍼져 있다고 믿어 의심치 않던 까는 처음 한국을 방문한 뒤 의견을 수정했다. 포르투갈과 한국은 이 정도의 가느다란 관계란다. 그러니 내가 포르투갈에서 사는 마음을 좀 이해해 주런?

그래도 요즘 한국에 소규모 서점이나 특별한 주제를 전문으로 하는 서점이 많아져 좋다. 추리소설 좋아하는 내게 미스터리 전문 서점은 감동이었다. 내가 학교 다니던 때에 이런 곳이 있었더라면 얼마나 좋았을까. 한국에서 아직도 못 가본 서점이 많아 목록을 만들어 놓았다. 동물 전문 서점은 꼭 가보고 싶은 장소이다. 서점 구경하기를 좋아하는 사람이 포르투갈에 놀러 온다면, 함께 리스보아 시내에서 책 보고 커피 한잔, 여행 서점 보고 와인 한잔, 그 옆의 허름한 골동품 가게 잠깐 기웃, 바다 잠깐 보고 다시 중고책 구경하고 싶다. (아름다운 실내로 유명한 포르투의 렐루 서점은 제외. 이곳은 서점이라기보다는 그냥 관광지가 됐다. 유명한 곳이니 알아서 가시라. 렐루 서점이 서점으로 기능하던 시절을 기억하는 포르투 사람이 있다면 얼마나 그 시절이 그리울까. 내가 세탁소와 액자집 있던 가로수길이 그리운 것처럼)

프랑크푸르트에선 집 근처 와인가게 겸 서점, 중고 서점, 대형 체인 서점 등을 돌아봤다. 그중 옥스팜 서점에 훌륭한 전시 카탈로그(물론 중고)들이 있어서 몇 권을 사왔다. 인상주의 시절 패션에 대한 전시 카탈로그, 독일 조각에 대한 책을 사고 보니 뭔가 이번 여행의 필수 쇼핑을 다 한 느낌? 미술관에서 전시 카탈로그도 약간 구입했다. 그러나 사실 책은 여행 기념 쇼핑으로 누구에게나 추천할 만하지는 않다. 무겁기 때문이다. 생텍쥐페리의 《어린 왕자》 같은, 크기가 작고 어느 나라에서도 만날 수 있는 책을 가는 나라마다 산다는 분도 보았지만, 이미 갖고 있는 책을 언어만 바꿔 구입한다는 건 웬만한 수집가적 마인드가 있지 않는 한 불가능하다.

나는 여행을 꽤 다녔지만 기념품을 사지 않는 편이다. 예쁜 물건들에 먼지 쌓이는 걸 청소할 능력이 없기 때문이다. 어느 날, 각 여행지의 스노우볼을 한 장식장에 깔끔하게 정리해 놓은 어떤 분의 거실을 보니 그동안 내가 내 기억력을 과신하고 아무 기념품도 사지 않았구나 싶었다. 내가 가본 도시의 스노우볼도 꽤 있었는데, 난 그분의 수집품을 보고 나서야 '내가 옛날에 저기 가봤었지' 했기 때문이다. 이렇게 내 기억력이 믿을 만하지 않다는 걸 깨닫고 여행을 추억하는 방식을 업그레이드하기로 마음 먹었다. 그러나 기념품 관리는 아무나 할 수 있는 게 아니다. 그래서 난 부엌용품을 사기로 했다. 여행지에서 작은 접시, 에스프레소 잔, 집게 같은 걸 사서, 밥 먹고 커피 마실 때 여행지를 떠올린다. 개 그림이 그려져 있다면 금상첨화. 부엌용품은 먼지 털어낼 걱정 안 해도 되고 어쨌든 실용적이다. 작은 문제라면, 그 나라에서 파는 식기가 다 그 나라 제품은 아니라는 정도? 뭐, 나만 기억하고 있으면 되지. 그 정도의 기억력은 유지하고 싶지만, 또 기억 못한다면 어떤가. 잘 쓰면 되지.

그리하여 난 이번 여행을 기억할 기념품으로 책 몇 권, 바느질용 실 약간(독일 실 브랜드가 전 유럽에서 많이 판매되지만, 포르투갈에서 구하기 쉽지 않은 건사를 발견했다)을 구입했다. 부엌용품은 독일산 앤티크 그릇을 몇 개 마련했다. 그다지 기념품답지 않은

독일 체인 서점 후겐두벨 Hugendubel.

후겐두벨 내부.

기념품이지만, 어쩌랴. 여름답지 않은 여름을 보내고, 여행답지 않은 여행을 하고 있는데.

이번 여행의 부엌용품 기념품은 가짓수도 많고
부피도 많았는데, 내가 구한 것 외에도 제제가
이것저것 많이 싸줘서다.
제제는 앤티크 수집에 관심이 많다.

28. 우리는 얼마나 닮을 수 있을까

프랑크푸르트 → 뷔딩엔

하랄트와 뷔딩엔에 다녀왔다. 프랑크푸르트에서 40분 정도 걸리는
작은 도시인데 조용하고 예쁘다. 오래된 성, 이 지역 전통 양식 건물,
1500년대의 집, 교회에서 울리는 종소리. 관광객 없이 한가로운데,
코로나 전에도 관광객이 많진 않았다고.

어젯밤에 하랄트가 3주 동안의 스위스 여행을 마치고 집에 돌아왔다. 까와 비슷한 유머 감각을 가지고 있는 사람이라, 자기 집에 돌아오면서도 초인종을 누르고 천연덕스럽게 '늦은 밤에 죄송합니다만 혹시 세뇨르 까 계십니까?'라고 묻는다. 국적이 다른 중년 남자와 노년 남자가 서로 낄낄대며 농담하는 것을 보면 친구는 닮는다는 게 맞는 말 같다. 아니면 닮아서 친구가 되는지도.

서로 닮는 건 반려견─반려인이던가? 까는 연두와 비슷하다. 금발에 코와 귀가 큼직하다. 털이 많다. 누구와도 잘 지내지만 친구가 반드시 필요하진 않다. 나와 연두가 닮은 건 눈 색 정도. 참, 수영을 좋아하지 않는다는 것도 닮았다. 우리 셋 다 혼자 있는 시간이 중요하다. 혼자 보내는 시간이 있기 때문에 우리는 함께 잘 지낼 수 있다. 코로나 격리기간 동안 나는 거실의 길다란 책상에서, 까는 침실의 컴퓨터 앞에서, 연두는 나나 까의 책상 아래 혹은 그 중간 지점에 있는 자기 침대에서 보내다가, 적당한 때가 되면 모두가 부엌에서 만났다. 물론 오후 햇살이 들어오는 침대 위나 티비 앞에서도.

부부가 인상이 비슷해 보이는 것은, 여러 연구들에 따르면 오래 살아서 비슷해지는 것이 아니라 기본적으로 비슷한 외모에 끌려서, 익숙한 자신의 모습과 닮은 상대에 편안함을 느껴 상대방을 선택하는 거라고 한다. 나와 까는 서로를 닮았다고 생각했나? 우리 외모가 닮은 점이 있나? (그런 것 같기도 하고 아닌 것 같기도 하다) 나는 어떤 모습에 끌려 연두를 선택했을까? 연두의 어떤 모습에서 나의 일부를 봤던 걸까? 자기보다 큰 개들 사이에서 짖지 않고 의연하게 앉아서 내 손을 핥은 노란 개의 어떤 부분이 나와 겹치는 걸까? 연두는 나의 어떤 부분에서 자신의 모습을 보았을까?

한편 반려견들이 반려인과 인상과 성격이 비슷해지는 이유는 개가 사람을 따라 하기 때문이라고 한다. 연두는 나와 함께 살면서 나와 비슷해졌을까? 나의 첫 번째 개 똘이가 까칠한 성격이었던 것은 그때의 내가 까칠해서였을까? (인정하기 싫지만 그런 것 같다) 지금의 내가 20년 전의 나보다 느긋한 건 확실한데, 나를 따라 연두가 느긋해졌을까 아니면 내가 연두 따라 느긋해진 걸까? (아무래도 내가 연두 덕에 느긋해진 것 같다. 기쁜 마음으로 인정한다) 우리의 눈빛은 얼마나 비슷해졌을까. 우리는 얼마나 닮을 수 있을까.

우리가 프랑크푸르트 도착한 첫날에 하랄트 뒤를 연신 쫓아다니며 감시(!)하던 연두는 집에 익숙해져서 그런지, 한결 여유로운 모습이었다. 연두에게 양해를 구하고 하랄트와 함께 반나

잘 보존된 뷔딩엔 성곽과 성문. 성곽 둘레로 산책로가 잘 조성돼 있다.

구시가지 곳곳에 자리잡은 개구리들.
만국기 개구리, 자를 들고
원가를 측정하는 개구리.

화덕에 빵 반죽을 넣을
준비하는 개구리.

절을 보냈다. 하랄트는 프랑크푸르트에서 왕복 두어 시간이 걸리는 몇 곳을 추천했으나, 연두를 혼자 오래 둘 수 없다고 하자 그렇다면 뷔딩엔Büdingen에 가자고 했다. 가깝고 고풍스럽다면서. 가는 길에 하랄트가 자란 프랑크푸르트 외곽 마을도 들를 수 있다고 했다. 하랄트의 형님께서 농사를 짓고 사과주 제작을 하는 농장에 들렀다. 여느 해 같았으면 사과주 구입하러 오는 관광객들이 있을 때인데, 감염병으로 인해 작은 가게는 닫혀 있었다. 금방 도착한 뷔딩엔은 프랑크푸르트에서 30분 거리라고 믿을 수 없을 정도로 다른 분위기였다.

개구리! 까가 할 줄 아는 몇 안 되는 한국어 단어 중 하나다 (까는 올챙이, 토끼, 두꺼비 등 실생활에 그다지 소용없는 단어들 전문가다). 그리고 뷔딩엔의 마스코트다. 고풍스러운 성문을 지나 마을로 들어서자 건물 곳곳에 개구리 분수, 개구리 인형, 개구리 간판 등이 있었다. 사연인즉슨, 뷔딩엔의 백작이 이웃 나라 공주와 결혼하고 고향으로 돌아왔는데, 새 백작부인이 개구리 울음소리 때문에 잠을 잘 수가 없다며 결혼 취소를 요구했다. 지금도 잘 보존돼 있는 성벽의 바깥에 예전에는 물이 흐르는 해자가 있었고, 이곳에 개구리가 많았던 것이다. 이에 온 백성이 힘을 합쳐 개구리를 잡아 몰아냈고 뷔딩엔은 개구리 없는 도시가 됐다. 백작 부부는 다시 화목하게 지내게 됐고 이웃 나라와의 관계도 잘 유지할 수 있었으며 백성들은 이를 자랑스럽게 여겼다는 이야기가 전해져 온다. (개구리들이 다시 돌아왔으나 백작 부인이 개구리 소리에 익숙해져서 결혼 취소를 요구하지 않았다는 버전의 이야기도 있다)

목재 구조가 밖으로 보이는 전통 건물, 성벽, 성, 성 근처의 정원, 산책로 등이 고풍스러우면서 평화로운데, 감염병 때문에 관광객이 없는 거냐고 물었더니, 코로나 이전에도 관광객은 별로 없었다고 해서 놀랐다. 이곳이 헤세 지역의 로텐부르크라고 불린다고 하니, 아마도 관광객은 로텐부르크로 많이 가는 모양이다. 로텐부르크는 프랑크푸르트에서 2시간 조금 넘게 걸리는 거리에 있지만 우리는 다음 여행을 위해 남겨 놓았다(틸만 리멘슈나이더 작품이 로텐부르크에 있다). 우리는 프랑크푸르트로 돌아와 연두와 함께 오후를 보냈다.

성곽 옆 산책로와 누군가의 정원. 이런 곳을 보면 연두와
산책했더라면 얼마나 좋았을까, 하고 아쉬워한다.

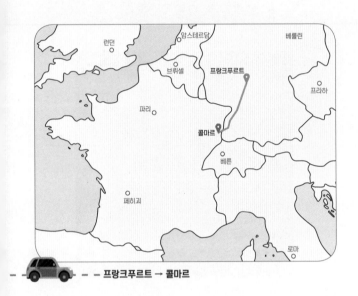

런던 · 암스테르담 · 베를린
브뤼셀 · 프랑크푸르트 · 프라하
파리 · 콜마르
베른
폐히괴 · 로마

— – ━━ 프랑크푸르트 → 콜마르

프랑크푸르트 마지막 날.

프랑크푸르트에 조각 미술관이 있는 걸 까맣게 잊고 있었다.

하랄트에게 연두와 까를 부탁하고 오늘 오전에 다녀왔다.

중세 컬렉션도 좋고 건물 멋지고 카페＋정원 조합이 매우 훌륭하다.

오늘이 프랑크푸르트를 떠나는 날이다. 아뿔싸! 리비크하우스 Liebieghaus, 즉 프랑크푸르트 조각 미술관을 가는 걸 까맣게 잊고 있었다. 정신머리를 포르투갈에 두고 온 것이 확실하다. 다행히도 프랑크푸르트에서 콜마르까지는 300킬로미터가 조금 안 되는 거리이므로, 오전에 미술관을 다녀올 수 있다. 짐은 어제 다 싸놓았다. 연두, 하랄트, 까를 집에 남겨놓고 오전에 미술관에 다녀왔다.

슈테델 미술관에서 멀지 않은 곳에 자리잡은 리비크하우스는 19세기 섬유사업가 하인리히 폰 리비크Heinrich von Liebieg 남작이 살던 건물에 그의 수집품을 기반으로 세운 조각 미술관이다. 근처의 슈테델 미술관 컬렉션 대부분이 회화인 것에 반해 리비크하우스엔 조각이 주로 있어, 두 미술관이 서로를 보완해준다. 미술관 건물은 원통형 뾰족한 탑, 레이스 같은 난간이 있는 테라스 덕분에 로맨틱한 분위기를 풍긴다. 정원의 나무 아래 그늘에는 프랑크푸르트 사람들이 앉아 책을 읽거나 차를 마신다. 조각에 큰 관심이 없더라도 미술관의 정원과 카페는 가 볼 만하다.

이곳에서 나는 〈피에타Pietà〉 여럿을 만났다. 피에타는 바티칸의 성 베드로 성당에 있는 미켈란젤로 작품으로 가장 잘 알려져 있다. 그러나 성모 마리아가 죽은 예수를 무릎에 안고 슬퍼

리비크하우스.
프랑크푸르트 한복판에 있을 것 같지 않은 풍모의 건물.
나무가 많은 정원에 앉아 한가로운 시간을 보내기에도 좋다.

리비크하우스 내부.
하랄트의 집에는 미술관의 이 지점에서 찍은 사진이
큰 액자에 걸려 있었는데 사진 속 벽은 적갈색이었다.
같은 지점이라는 것은 벽띠 장식에 붙어 있는
파이트 슈토스Veit Stoss, 미켈란젤로 같은
조각가들의 이름을 보고 알았다.
난 이 미술관의 편안하고 푸근한 느낌이 좋았다.

부르고뉴의 조각가, ⟨페스퍼빌트(피에타)⟩, 1450년경, 높이 112cm,
석회암, 리비크하우스, 프랑크푸르트.

라인 강 중부 지역의 조각가, 〈페스퍼빌트(피에타)〉,
1390년경, 높이 80cm, 호두나무, 리비크하우스, 프랑크푸르트

하는 모습의 조각은 본래 독일 지역에서 1300년대에 많이 만들어지기 시작했다. 독일어권에서는 페스퍼빌트Vesperbild 즉 '저녁의 이미지'라고 부르는데, 저녁이라는 라틴어 베스페라vespera에서 유래했다. 예수가 죽은 날 십자가에서 내려온 시간이 저녁이기 때문이다. 독일에서 페스퍼빌트는(대개 조각이었다) 주로 성당의 주 제단 근처에 놓여 신자들이 예수 그리스도와 그의 어머니 마리아를 보고 묵상하고 기도하는 용도였다.

1400년대에 들어 이 이미지는 알프스 산맥을 넘어 이탈리아 북부에도 조금씩 퍼지기 시작하는데, 이탈리아에서는 이를 피에타(동정심, 연민), 즉 불쌍히 여기는 마음이라고 불렀다. 조각을 보는 사람들은 수없이 매질당하고 처참하게 죽은 예수의 고통에 함께 아파하고, 아들을 잃고 슬퍼하는 성모 마리아와 함께 눈물 흘린다. 영광스러운 신과 그에 걸맞은 어머니의 모습이 아니라 비참한 모습으로 죽은 아들과 초췌한 얼굴로 슬퍼하는 어머니, 너무나 인간적인 모습이다. 어쩌면 수많은 그리스도교 미술 이미지 중 가장 인간적인 순간일 것이다. 그래서 이탈리아에서는 '성모자상'이나 '예수를 안고 있는 어머니'처럼 이미지의 주인공이 제목이 되지 않고, 작품을 보는 사람의 마음이 제목이 되었는지도 모른다.

피에타를 보며 생각한다. 우리는 얼마나 함께 아파할 수 있는 존재일까. 누워 있던 아빠를 보며, 부쩍 야윈 연두를 보며 난 얼마나 함께 아플 수 있었나.

우리는 하랄트와 인사를 하고 헤어지고, 출발했다. 보통 까의 가족은 한국의 가족과는 달리 헤어지는 인사가 매우 빠른 편인데, 하랄트와의 인사는 꽤 길어졌다. 하랄트는 포르투갈을 자주 방문하는 사람이기 때문에 굳이 포르투갈에 곧 오라는 말은 하지 않았지만, 이동이 쉽지 않아진 시대가 되었으므로 우리는 건강하게 지내다가 꼭 다시 만나자고 했다. 그때는 한식을 대접하겠다고 약속했다.

우리는 국경을 넘어 프랑스 콜마르에 도착했다. 연두는 숙소 앞마당에서 산책을 짧게 하고, 닭고기를 먹고 잘 잤다.

콜마르Colmar에 왔다. 연두가 거의 못 걷기 때문에
어딜 가도 연두를 데리고 갈 순 없고 바깥 나들이 시간을 잘게 쪼개
도시 구경-연두 구경을 번갈아 가며 한다. 연두가 아프기 전이었다면
함께 다녔을 길들. 주인이랑 같이 돌아다니는 개들을 보면 마음이 아프다.
연두 약 안 먹는 꾀가 일취월장. 휴… 이게 땀이냐 눈물이냐.
콜마르에 와야 했던 이유. 이젠하임 제단화를 보기 위해서다.
운터린덴Unterlinden 미술관은 이젠하임 제단화 외에도
컬렉션이 훌륭하다. 인생의 리스트 중 한 항목에 체크한 느낌.

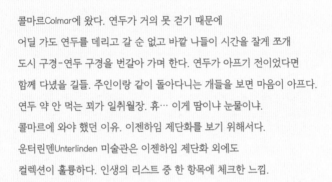

300킬로미터 정도를 달려 콜마르에 왔다. 나무 구조물이 보이는 지붕이 뾰족한 집 지붕 밑 방이 우리 숙소다. 아기자기한 골목에는 오래된 집들이 배를 불룩 내밀고 자리잡았고(오래된 집들은 외벽이 밖으로 둥글게 휜 경우가 많은데, 포르투갈어로 '배가 나왔다'고 한다), 도시를 흐르는 강가의 건물 창가에는 알록달록한 꽃들이 놓여 있다. 서점, 빵집, 치즈 가게, 와인 가게 간판은 선을 넘지 않는 한에서 제각각 개성을 뽐내고, 카페 테라스에서 와인 마시는 사람들, 때때로 울리는 교회 종소리까지. 흔히들 유럽스럽다고 하는 장소의 조건을 모두 갖춘 곳이다.

우리는 숙소에 도착해 연두에게 앞마당의 냄새를 맡게 해주고, 방으로 올라와 밥과 약을 주었다. 약 먹이기가 점점 힘들어지지만, 나도 나름 꾀를 내고 있다. 까와 나는 동네를 한 바퀴 둘러보고, 슈퍼마켓을 찾아 연두 줄 닭고기를 샀다. 물론 우리가 먹을 프랑스 치즈와 바게트, 알자스 지방 와인도 샀다. 연두는 이제 예전에 먹던 사료와 캔사료는 거의 안 먹고, 익힌 닭가슴살과 식힌 육수만 먹는다. 그래도 먹기만 한다면야. 연두는 콜마르 골목길 구경을 잠깐 하고 나서 방으로 돌아와 잠이 들었다.

콜마르는 이젠하임 제단화 때문에 오기로 결정했다. 사실 마티아스 그뤼네발트Matthias Grünewald의 그림은 뭔가 비현실적이

콜마르 구시가지. 로슈 강이 지난다. 골목골목이 깜찍하다.
평범한 상황이었으면 훨씬 사진을 많이 찍고 입 벌리고 돌아다녔을 것 같다.

한지Hansi라고 불렸던, 콜마르 출신 화가
장 자크 발츠Jean-Jacques Waltz 박물관.
도시 경관을 해치지 않으면서 눈에 잘 띄는
간판의 매우 훌륭한 예시다.

고 기이한 느낌이 들어 그다지 좋아하지 않았었는데, 1년 전쯤 안톤(안토니오라고도 부른다) 성인에 대한 책과 자료를 읽으면서 이 제단화에도 안톤 성인의 모습이 있다는 걸 기억해냈다. 안톤은 3세기에 이집트의 부잣집에서 태어났으나 사막에서 가난하게 사는 삶을 선택한 성인이다. 기도하며 살던 성인에게 악마들이 나타나 여러 방법으로 괴롭혔다고 하는 이야기는 널리 알려져 있다.

악마들이 일으킨 환영에 시달렸다는 (그리고 결국은 환영에서 벗어났다는) 이야기로 인해 안톤은 중세 유럽에서 '안톤의 불'이라고 불리던 질병을 낫도록 도와주는 수호성인이 되었다. 이 병에 걸리면 사지 마비와 경련이 일어나고 피부가 화끈거리며, 팔다리가 검어지면서 나중에는 절단해야만 하는 지경에 이르고 환각을 보게 되었다. 화끈거리는 증상과 환각을 본다는 점 때문에 역시 환영에 고통받았던 성인의 이름을 따 이 병을 '안톤의 불'이라고 부르게 된 것이다. 훗날, 이 병이 맥각균에 오염된 호밀로 만든 빵을 먹고 발병하는 맥각 중독이라는 것을 알게 되었고, 18, 19세기부터는 밀 재배가 늘어나 호밀을 대체하게 되면서 '안톤의 불'은 사라졌다. 중세 유럽에서는 맥각균에 의한 질병이 아니더라도 대략 증상이 비슷한 피부병은 '안톤의 불'이라고 불렀고, 성 안톤은 이러한 각종 피부병 환자들의 수호성인이었다.

이젠하임 제단화가 있던 곳이 이젠하임 마을의 성 안톤 수도원이라는 것을 알게 된 후 난 무릎을 쳤다. 11세기, '안톤의 불'에 걸려 고생하던 한 프랑스 귀족이 안톤 성인의 유해를 접한 뒤 기적적으로 병이 나으면서, 이에 감사하는 의미로 성 안톤 병원을 세웠다. 이곳에서 '안톤의 불'에 걸린 환자들을 돌보게 했고 점차 프랑스 곳곳에 성 안톤 병원이 세워졌다. 이젠하임의 성 안톤 수도원 역시 이러한 수도원 겸 병원 역할을 하던 곳이었다. 사실 '안톤의 불'은 가난한 자들이 대부분 주식으로 삼았던 호밀 대신 밀을 재료로 한 음식을 먹으면 대부분 상태가 호전되는 병이었다. 성 안톤 병원에서는 좋은 음식을 제공하는 것 외에도 돼지 기름을 원료로 한 연고를 환부에 바르거나 온천과 각종 약초를 활용하여 환자들을 돌봤다. '안톤의 불'이 점차 사라지면서 유럽의 성 안톤 병원들 역시 사라졌다.

그뤼네발트는 이젠하임 제단화에 안톤 성인이 마귀들에게 괴롭힘 당하는 장면을 넣고, 십자가에 매달린 예수의 피부를 '안톤의 불'에 걸린 환자의 피부 못지않게 망가져 있는 모습으로 그렸다. 십자가형 전에 채찍질당한 결과겠지만 자잘한 상처가 온 몸에 퍼져 있는 것이 피부병처럼 보이기도 한다. 이 제단화를 보는 사람들은 비쩍 마른 몸을 비틀며 고통스러워하는 예수의 모습에 너무나 강렬한 인상을 받기 때문에, 예수의 피부가 성 안

마티아스 그뤼네발트, 〈이젠하임 제단화〉,
1512-16. 운터린덴 미술관. 첫 번째 날개를 펼쳤을 때의 모습.
제단화는 장롱 열듯 양 옆으로 열 수 있도록 설계되었는데,
세 번을 펼칠 수 있다.

● 그리스도의 부활(날개를 두 번 열었을 때).

●● 십자가의 그리스도 부분(첫 번째 날개를 열었을 때).

●●● 악마의 유혹을 받는 성 안톤을 그린 부분(날개를 세 번 열었을 때).
　　화면 왼쪽 아래에 피부병에 걸린 환자가 보인다.

13세기 수도원과 20세기 공중목욕탕을 지하로 연결하는 통로.
이젠하임 제단화와 19세기 이전의 작품은 주로 수도원 부분에,
20세기 이후의 작품을 주로 공중목욕탕을 리모델링한 건물에 전시돼 있다.

운터린덴 미술관 전경.

수도원이었던 부분의 클로이스터.
그늘에 놓인 의자에 앉아 아픈 다리를 쉬기 좋다.

톤 발치에 그려진 피부병 환자와 비슷한 상태라는 것을 쉽게 눈치채지 못한다. 그러나 '안톤의 불'로 고통을 겪던 환자들은 눈치챘을 것이다. 병원에 있던 환자들의 고통을 예수도 겪고 있는 것이다. 그리고 제단화의 다른 그림에서 예수가 영광스럽게 부활한다. 환자들은 자신과 같은 병에 걸린 예수가 매끈한 모습으로 부활하는 모습을 보고 위안을 얻었을 것이다.

현재 그뤼네발트의 제단화는 콜마르의 운터린덴 미술관에 자리잡고 있다. 이 미술관은 13세기에 세워진 도미니코 수도원과 20세기 초에 생긴 수도원 맞은편의 공중 목욕탕이 연결돼 만들어졌다. 첨두아치 아래의 높고 뾰족한 공간, 소박한 정원 역할을 해주는 클로이스터 등 수도원이었던 건물의 매력이 그대로 남아 있으면서, 수도원과 공중목욕탕을 연결하는 지하 통로의 매끈한 모습, 수영장과 목욕탕을 미술관으로 바꾸면서 이전 모습을 완전히 없애지는 않은 점 등 건축가들의 고민이 엿보이는 매력적인 공간이다.

까와 나는 도시 구경을 하다가도 연두를 보러 숙소에 돌아갔다가, 연두와 시간을 보내고 나서 다시 산책을 나오길 반복했다. 까와 내가 평소 잘하는 대로 흩어져서 둘 중 하나는 연두와 방에 머물고 하나는 동네 구경하러 나가기도 했다. 이럴 땐 둘이라 다행이란 생각이 든다. 콜마르의 볼거리가 모여 있는 구시가지에 숙소를 잡고, 여름이라 낮이 길어 가능했던 방식이기도 했다.

여름 밤, 개들과 함께 부산하게 걷는 사람들을 보니 마음이 아팠다. 연두도 분명 저렇게 부지런히 냄새 맡으며 산책하던 때가 있었는데. 불과 몇 달 전인데 왜 이렇게 먼 일로 느껴지는지 모르겠다. 삶의 기쁨이 육체의 고통으로 대체되는 과정이 늙음이라면, 그 과정의 끝이 죽음이라면, 살아 있는 동안의 기쁨을 최대한 즐기는 것이 우리의 최선일 것이다. 지금의 연두는 얼마만큼의 기쁨을 가지고 있을까. 기쁨이라는 것은 절대량이 없을 텐데, 그 기쁨이 얼마나 남았는지 누가 어떻게 알 수 있을까. 연두의 기쁨이 사라지면서 우리의 기쁨은 얼마나 사라졌을까. 연두의 앙상해진 이마를 쓰다듬으며 지붕 밑 아래의 밤을 보냈다.

31. 조수석 승객의 필수 조건은 집중력

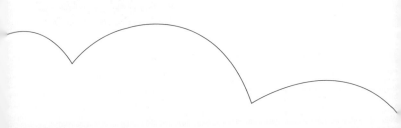

— — 콜마르 → 페히괴

아침 9시 반에 콜마르 출발.

750키로미터 달려 오후 9시 반에 페히괴 도착.

고속도로가 무료인 독일과 달리 프랑스의 고속도로에는 통행료가 있다. 평소 고속도로 통행료와 주차비 내는 걸 아까워하는 까의 의견을 존중해 점심 때까진 국도로 가다가 오후에는 고속도로로 가기로 했다. 점심 먹고, 몇 시간 내리던 비도 그쳤고, 이제 슬슬 달려볼까 하던 차에, 앗차, 순간의 방심으로 들어선 길에 1시간을 묶여 있었다. 까의 내비게이션은 공사, 정체 같은 현재 교통상황이 반영 안 돼서 내 휴대폰의 내비게이션과 비교하며 다니는데 잠깐 한눈 파는 사이에 정체라고 빨갛게 표시된 길을 피하지 못한 것이다. 공사 중인 구간인 데다가 사고가 난 것 같은데, 차가 1미터도 움직이지 않아 시동을 끄고 20분 이상 서 있기만 하는 정체는 1990년대 중반 8월 즈음 동해안 가는 길에서 겪은 게 마지막이었다. 2020년 프랑스에서 이럴 줄은 몰랐다.

정체 구간을 겨우 빠져 나오고도 고속도로를 만나기까지 1시간은 국도를 지나야 했다. 고속도로 못 만나는 개미지옥인가. 드디어 유료 도로라는 표시가 보이고 3차선 길이 나타나니 얼마나 속이 시원하던지. 통행료 티켓을 이렇게 기쁜 맘으로 뽑은 적이 있었던가.

그런데 이날의 여행으로, 이건 집에 돌아오고 나서 한참 지난 뒤의 이야기지만, 우리는 속도 위반으로 벌금을 내야 했다. 휴대폰 내비게이션에 과속 단속 카메라 안내가 나오긴 하지만 이

날 우리가 집중력이 떨어져 있었던 모양이다. 시속 80킬로미터 구간을 시속 87킬로미터로 달렸다고, 고지서가 날아왔다. (그렇다. 다른 나라에서 속도 위반한 것이 포르투갈 집으로 날아온다. 물론 유럽답게 두어 달 걸려서) 몇 년 전 벨기에-네덜란드 자동차 여행에서도 이런 일이 있었다. 비가 오는 데다 공사가 있어 유난히 차가 막히던 날이었는데, 이날 과속을 했다는 네덜란드 교통국의 다정한 편지를 받았다. 아무래도 정체 구간을 겨우 지난 다음의 흥분을 우리가 주체 못했던 모양이다. 벌금 납부를 미적거렸다가 더 높은 금액의 고지서를 연이어 받은 경험을 기억하고는, 이번에 우리는 꼼지락거리지 않았다. 몇 년 전과는 달리 벌금을 낼 수 있는 어플이 있었기 때문이다.

참, 꼼지락은 까가 정확히 알고 있는 한국어 단어 중 하나다. 포르투갈인들과 까의 꼼지락에 지쳐 내가 여러 번에 걸쳐 이 의태어의 정확한 뜻을 알려주었다. 인내심이 바닥나 "이 꼼지락아!"라고 쏘아붙일 때, 그리고 상대방이 이를 이해했을 때의 쾌감이란.

아침 연두.

32. 우리의 수호성인은

페히괴 관광청에서 파견한 직원을 만났다.
쓰다듬을 허락해주고 셀피도 같이 찍고, 까에게는 무려 꾹꾹이를
한참 해주더니 임무를 다했다는 듯 표표히 자리를 떠났다.
골목을 돌 때마다 새로운 풍경이 나타나는 곳.
이런 곳에서 작은 테라스가 있는 방을 구해 두어 달 살며
책 읽고 글 쓰고 싶다.

페히괴는 밝은 빛의 돌로 만들어진 건물이 많았다. 목재가 기본 틀인 콜마르와 완전히 달랐다. 포르투갈 안에 있는 리스보아부터 포르투까지, 300킬로미터를 가도 건물 모양과 재료가 다른데, 700킬로미터를 넘게 왔으니 도시의 모습이 다른 게 당연하다. 유럽을 자동차로 여행하는 것의 매력이 이것이다. 도시와 마을의 모습이 변하는 걸 현대적인 속도로 볼 수 있다는 것.

이런 변화를 인간적인 속도인 시속 5킬로미터로 볼 수 있는 여행의 방식은 도보 여행이다. 하루에 30~40킬로미터 정도 걷는다고 가정했을 때 일주일 정도 걸으면 풍경과 도시가 꽤 많이 바뀐다. 여행자의 이동 속도와 풍경이 변하는 속도가 같다. 걸어서 하는 여행으로 좋은 예시가 보통 카미노라고 부르는, 스페인의 산티아고 데 콤포스텔라Santiago de Compostela까지 걸어가는 여행이다. 우리나라에는 프랑스와 스페인 국경에서 시작해 걸어가는 프랑스 길이 많이 알려져 있지만, 사실 어디서든 출발해서 걸어가면 된다. 중세 유럽, 야고보 성인의 무덤이 있는 산티아고까지 가는 성지순례가 대대적으로 유행하면서 프랑스와 스페인에 산티아고로 가는 길 특수를 누리는 장소들이 생겼다. 순례자들이 머무는 곳에 성당이 세워지거나 증축되고 마을이 형성되거나 확장됐다. 페히괴 역시 산티아고로 가는 길에 있는 도시 중 하나다. 프랑스에 있는 산티아고로 가는 길이 유네스코

잠시 우리를 돌봐준 고등어무늬 고양이.
오전 내내 구름이 짙어 선선했는데, 햇살이 따뜻하게 내리는 벤치로
마치 우리를 기다렸다는 듯 이끌어주었다.
나와 까의 무릎에 번갈아가며 앉아 한참 매력을 뽐내다가
벤치에 누운 까의 배에 올라가 꾹꾹이를 해 주었다. 이런 환대가.

문화유산으로 지정되면서(스페인에 있는 산티아고 길도 물론) 페히괴 대성당도 유네스코 문화유산의 일부가 되었다.

이곳은 산티아고 가는 길에 있는 성당답게 순례자의 수호성인인 로크 성인의 조각이 있다. 프랑스 귀족이었던 로크는 순례 길에 나섰는데 당시 유행하던 흑사병에 걸려 몸져누웠다. 이때 (성인 이야기이므로 아마도 하느님이 보내주었을) 개가 빵을 매일 가져다 주었고 로크는 병이 나아 순례를 무사히 마칠 수 있었다. 이러한 사연으로 로크는 순례자의 수호성인이면서 흑사병 환자 (혹은 피부병 환자)의 수호성인, 개의 수호성인, 빵 만드는 사람들의 수호성인이기도 하다. 이 이야기에서 누군가를 지켜준 건 개인데, 성인 세상에서는 성 로크가 개의 수호성인이다. 별 사소한 것에까지 수호성인이 많은 것을 보면 인간은 나를 지켜 주었으면 하는 존재가 필요한가 보다. 중세 가톨릭 유럽에서는 그것이 수호성인이었지만 지금 나와 까와 연두에게는, 우리 서로다.

우리의 숙소는 페히괴 대성당과 릴르L'Isle 강변에서 멀지 않은 돌 건물 1층이었다. 어제 저녁, 보르도 근처에 산다는 집주인이 와서 우리를 맞이해 주었고, 숙소와 도시, 숙소 근처에 대한 설명을 간단히 해주었다. 오전은 날씨가 좋아 대성당과 도시 구경을 하고, 마침 토요일이라 구시가지에 선 시장에서 바게트와

골목에서 본 페히괴 대성당.

개들의 수호성인 로크 성인과 천사, 빵을 물고 있는 개.

대성당 앞 광장에는 각종 채소와 과일, 빵, 과자, 치즈와 소시지 등을 파는 장이 섰다.
평소 대형마트보다 이런 시장에서 채소와 과일 사는 걸 좋아한다.
훨씬 신선하다. 이번 페히괴 여행에서 유일하게 생기를 느낄 수 있는 곳이었다.

곳곳에 마스크 착용이
의무라는 표지판이 걸려 있었다.

구시가지 가죽 공방의 멋진 간판.

마들렌, 신선한 과일을 샀다. 이날부터 프랑스는 공공장소 마스크 착용이 의무화돼 골목길에 선 야외 시장에서도 마스크를 써야 했다. 도시 구시가지 골목에는 마스크 쓰라는 안내판이 붙어 있었다.

코로나도 걱정이지만 난 연두가 걱정됐다. 부쩍 기운이 없고, 평소와 달리 무른 변을 보았기 때문이었다. 오후가 되자 비도 흩뿌리고 해서, 난 연두와 침대에서 오후를 보냈다. 이날 밤, 연두는 아팠고, 방석을 놓아 주었지만 펼쳐 놓은 내 여행가방 안에 들어가서 잠을 잤다. 까와 나는 돌 건물 사이의 좁은 골목 모퉁이를 돌 때마다 새로운 모습이 펼쳐지는 페히괴의 구시가지에 반했지만 연두와 함께 산책할 수 없으니 김이 새는 느낌이었다. 연두를 안고 숙소 근처 강가로 내려갔다. 푹신한 풀밭에 연두를 내려놓았다. 연두는 거의 움직이지 않았다. 삶의 기쁨이 줄어들고 있었다. 여기저기 냄새 맡으며 쿵쿵거리던 연두의 즐거움이 사라졌고 모든 걸 천천히 관찰하던 연두를 바라보는 나의 기쁨도 줄었다. 까와 나는 연두가 자는 동안 산책을 조금 더 한 뒤 숙소로 음식을 사와 미리 사둔 와인과 함께 저녁으로 먹었다. 연두야 조금만 더 힘을 내. 곧 집에 도착할 거야.

폐히괴의 연두. 의젓하게 여행해주어 고맙구나.

33. 히혼의 개들아, 연두에게 기운을

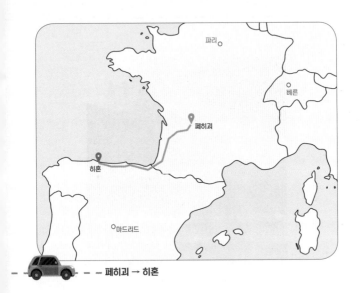

──────── 페히괴 → 히혼

통행료 내고 후다닥 9시간 반 만에 히혼Gijón 도착.

어제의 삽질을 교훈 삼아 오늘은 과감히 통행료를 내고 빠른 길로 스페인 북부 히혼에 도착했다. 대부분의 스페인 고속도로는 무료인데, 바스크 지방의 산악 지대는 예외다. 잘 뚫려 있는 도로에는 통행료가 있고 구불구불 한참 돌아가야 하는 도로만 무료다(카탈루냐 일부 지역도 통행료가 있다). 독일에 갈 때처럼 비스카야 만Golfo de Vizcaya 쪽으로 프랑스-스페인 국경을 넘고 바스크 지방을 지났다. 칸타브리아Cantábria와 아스투리아스Asturias 지방을 지나면서 피코스 데 에우로파Picos de Europa 국립자연공원의 가파르고 험준한 봉우리를 보고 넋을 잃었다.

아스투리아스 지방의 히혼은 예전부터 한번 와보고 싶었던 해안 도시다. 오비에도Oviedo, 산탄데르Santander, 산 세바스티안San Sebastián, 빌바오 같은 스페인 북부 도시들을 좋아하기 때문에 히혼 역시 늘 궁금했다. 빈 칸 하나를 채우는 느낌으로 히혼을 골랐다. 체력 관리, 무릎 관리 잘 해서 이 북쪽 해안을 걸어 산티아고에 가고 싶다. 아니면 산티아고에서 출발해 이 북쪽 해안 길을 걸어 어디론가 가도 좋겠다. (여행 계획은 부족하지 않은 편)

히혼에서 우리가 묵은 숙소는 산 로렌소 해변에서 가까운 아파트의 꼭대기층이었다. 희고 큰 턱수염에 두둑한 뱃살이 있어서 산타클로스를 닮은 주인장 루이스 안토니오는 회색 개와 함께 우리를 마중 나왔다. 음식 전문 기자로 일하다가 은퇴하고

숙소 창가에서 본 히혼 전경. 긴 모래사장은 산 로렌소 해변.

산 로렌소 해변에서 본 산 페드로 성당과 우리가 묵은
루이스 안토니오의 집(나무 사이의 건물).

이른 아침 빵 사러 나온 길의 바닷가. 히혼 시민들은
아침에 조깅이나 등산이 아니라 바다 수영을 하더라는.

시골 집에서 사는데, 어릴 때 자기가 살던 집을 여행자용 숙소로 내놓았다고 했다. 바다 쪽으로 뾰족 튀어나온 지형에 자리잡은 이 동네는 옛날엔 어부들의 동네였다고 했다. 루이스는 직접 집과 건물에 대한 안내를 해주고, 도시에 대한 이야기를 들려줬다. 그리고 친절하게도 무료로 주차할 공간을 찾아 함께 길을 나서주었다.

연두는 히혼에 도착하자 갑자기 기운을 차린 것처럼 잘 걸었다. 숙소에서 2분 거리에 큰 공원이 있는데 히혼 시내, 바다, 항구 등이 다 보이는 훌륭한 전망인 데다가 개를 풀어놓을 수 있는 곳이었다. 도시에서 가장 전망이 좋은 자리에 개와 사람이 자유롭게 뛸 수 있게 하다니, 훌륭한 도시임이 분명하다, 히혼. 좋은 곳에서 활기찬 개들을 보고 연두가 기운을 차렸을지도 모른다.

도시와 바로 붙어 있는 산 로렌소 해변은 모래사장이 넓고 길었다. 그러니 오후에는 해변 산책하는 사람들로 가득했다. 먹고 마시고 이야기하는 것 좋아하는 스페인스러운 분위기 없이 오로지 한두 명씩 걷기만 하는데, 그 많은 사람들이 다 마스크를 착용하고 있었다. 까와 나는 마스크 쓴 사람을 한꺼번에 이렇게 많이 본 건 처음이었다. 뭔가 묘하게 이상한 풍경이었다.

삼삼오오 모여 이야기하지도 않고, 먹거나 마시지도 않고, 앉아서 바다를 바라보지도 않고 오로지 앞을 보고 걷기만 하는 사람들로, 완벽한 해변 산책로가 가득 차 있었다. 사람들이 모두 마스크를 쓰고 다니는 건 마스크 안 쓰면 벌금이 있으니 쓴 것도 있겠지만, 그런 이유보다는 이런 기본적인 산책도 할 수 없었던 지난 3월의 록다운 경험이 있기 때문이기도 할 것이다.

까와 나는 아스투리아스의 명물 시드라, 즉 사과주를 마시러 나가 한 식당의 테라스에 앉았다. 시드라 한 병을 시키면 직원이 술병을 높이 들고 입구가 넓은 유리잔에 술이 부딪히도록 따라 공기가 들어가도록 서빙해준다. 독일의 사과주와는 비슷한 듯 하면서도 다르다. 스페인 사과주가 신맛이 덜한 것도 같다. 탄산이 없는 음료지만 이렇게 따르면서 공기방울이 약간 생긴다. 따르고 나서 시간이 흐르면 이 공기가 다 없어지므로 조금씩 자주 따라 마시는데, 전통 식당일수록 직원이 직접 따라준다. 이 과정에서 음료의 상당 부분이 밖으로 튀어 나간다. 시드라 한 병의 가격은 이렇게 해서 못 마시는 양을 고려한 건지, 꽤 저렴하다. 스페인에 오면 찾아서 시켜먹는 꼴뚜기 튀김(포르투갈에도 있을 법한데 없다. 포르투갈이 해산물은 더 많이 먹는 분위기인데도)과 상큼한 시드라를 먹고, 연두와 공원 산책을 했다.

잘 걷지만 어젯밤에 이어 여전히 연두 속이 안 좋은 걸 보니 뭔가 불길하다. 사람이나 동물이나 떠나기 전에 잠깐 기운을 차린다는 이야기가 생각났지만 까에게 굳이 이 이야기를 꺼내진 않았다. 그런데 포르투갈에도 이런 속설이 있는 듯, 산책을 마친 까가 걱정된다고 했다. 우린 눈으로 걱정을 주고받았다.

　연두는 밤새 아팠다.

아스투리아스 지방의 대표 음료 시드라와 꼴뚜기 튀김,
하몽 크로켓.

34. 이곳에 다시 올 수 있을까

연두는 별로 안 괜찮다.
종양이 없는 한쪽으로만 누워 있어서 욕창이 생겼고
다리 힘이 빠져 거의 걷지 못한다.

연두가 밤새 아파 나도 밤잠을 설쳤다. 새벽에 일어나서 연두를 데리고 밖에 나가 풀밭에서 볼일을 보게 했다. 집에 돌아가 연두를 방석에 뉘여놓고 아침거리를 사러 나왔다. 히혼은 바닷가와 시내가 가까워서 아침 운동으로 사람들은 바다 수영을 한다. 서퍼들은 아예 수트를 입고 보드를 들고 걸어서 집에서 바다까지 나간다. 이 모습이 너무나 평화롭고 아름다워 감염병이 존재한다는 것, 내 개의 시간이 얼마 남지 않았다는 것이 꿈 같았다.

바게트와 크루아상을 사와 루이스 안토니오의 집 거실 큰 창가에 간이 식탁을 펴놓고 바다를 바라보며 커피, 우유와 함께 먹었다. 연두는 방석에서 일어나 식탁 옆에 앉아 우릴 바라봤다. 빵을 떼어줬더니 약간만 받아먹었다. 지금 생각해 보니 연두가 식탁 옆에 앉아 우리를 바라본 마지막 끼니였다. 이제 열흘 전에 적었던 문항 중 우리의 결정을 고민하게 하는 것이 마지막 8번뿐이다.

아침상을 치우고 까와 나는 집주인의 취향대로 꾸며진 침실에 누워 이야기했다.

"…… 이제 때가 된 것 같지 않아?"

"…… 그런데 어디서? 난 그래도 포르투갈에 가서 연두가 다니던 병원이면 좋겠어. 내일 출발하니까, 저녁엔 집에 도착할 테고."

산타 카탈리나 언덕. 히혼 구시가지는 물론 서쪽의 항구까지
한눈에 보이는 공원이다. 넓은 공간에 개를 풀어놓을 수 있어서 해질녘에 가면
반려견과 산책 나온 사람들의 활기가 넘치는 장소.

산타 카탈리나 언덕에서 연두.

바람이 선선하고 햇볕은 적당한 오후였다.

"파올루가 우리를 자기 집에 초대했어. 기억하지? 파올루네 집에 가서 며칠 지내다 오자. 동물병원은 파올루네 집 근처 병원을 알아봐 달라고 하자. 이대로 집에 가서 연두도 없으면 힘들 거야."

까는 파올루와 통화했다. 시골집 근처 마을의 동물병원을 알아봐 달라고 했다. 연두를 매장할 장소도 알아봐 달라고 부탁했다. 파올루는 기꺼이 우리의 부탁을 들어주었다. 히혼에서 파올루의 시골집까지는 500킬로미터가 조금 안 되는 거리다. 아침에 출발하면 점심시간 이후에는 충분히 도착할 것이다. 조금 기다리자 파올루에게서 다시 전화가 왔다. 내일 4시 반에 동물병원을 예약했다는 이야기였다. 전화를 끊고 까와 나는 서로 머리를 기대고 울었다. 창 밖으로 보이는 히혼은 아름다웠다.

"다시 이 도시에 올 수 있을 것 같아? 아름답잖아. 바다도 평화롭고, 별로 덥지도 않고."

"글쎄. 좀 힘들지 않을까?"

"바다에 들어가는 거 좋아하면서 수영도 못했네. 내가 연두랑 있을게 수영하고 올래?"

"아니. 바다는 됐어."

날씨도 좋고 해서 연두를 안고 바다가 보이는 숙소 앞 공원에 갔다. 언덕을 올라 바다가 잘 보이는 잔디밭에 앉았다. 연두는 편안해 보였다. 바다와 연두, 풀밭과 연두는 잘 어울렸다. 우리는 바다를 보며 한참을 앉아 있었다. 풀밭에 누워 평온히 잠든 개를 보니 이 녀석은 역시 까옹 드 깜뿌cão de campo, 물개 아니고 땅개, 들판개다. 바다는 싫어하고 들판 가면 신나는. 난 히혼에 다시 올 수 있을 것 같다. 연두에게 아름다운 오후를 준 곳이니까.

한참을 산타 카탈리나 언덕에서 보내다가 연두를 안고 집에 돌아와 갖고 있던 재료로 간단히 저녁을 차려 먹었다. 이번에 연두는 식탁 옆에 오지 않았다.

사랑해 연두

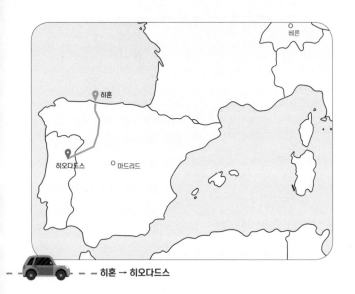

- - 히혼 → 히오다드스

우리는 포르투갈에 돌아왔고 연두는 우리 곁을 떠났다.

호수가 보이는 소나무 아래 좋아하던 장난감과 함께 연두를 묻었다.

연두가 아프지 않던 때를 더 기억하고 싶다.

누나 개가 돼 주어 고마워. 담에도 우리 꼭 친구로 만나.

섭섭한 게 있었으면 용서해 줘. 사랑해 연두.

안락사 과정이 너무 빨리 끝나서 다행이기도 하고 허무하기도 했다.

우리는 파올루가 예약해 둔 동물병원에 갔다. 작은 마을에 있는 병원인데 정갈하고 반듯했다. 병원에 들어가기 전, 연두에게 마지막 음식을 주고 마지막 산책을 하고 싶었다. 그러나 연두는 먹지도 걷지도 못했다. 물만 한 모금 마셨다. 수의사와 상담을 하고, 연두의 수의사 텔마가 써준 소견서를 보여주었다. 연두 몸무게를 재고(7.8킬로그램이었다. 종양을 빼면 더 적었을 것이다.) 간단한 설명을 들었다. 주사를 놓은 다음 숨을 내쉴 수도 있는데 그건 호흡이 아니라 폐에 있던 공기가 빠지는 거라고 했다. 안락사 과정 중 우리는 밖에 나가 있어도 되고 함께 있어도 된다고 했다. 난 당연히 같이 있을 거라고 했다. 아무도 모르는 곳에 연두를 혼자 남겨둘 순 없다. 연두 왼쪽 앞다리의 털을 약간 밀고 정맥주사 카테터를 꽂았다. 그리고 의사는 우리에게 연두와 마지막을 보낼 시간을 주기 위해 잠깐 밖으로 나갔다.

"연두야 사랑해. 가서 똘이 연세 파룩이랑 재밌게 놀아."

"연두 지난 며칠 힘들었지. ……"(그 뒤는 까의 목소리가 가라앉아 듣지 못했다)

연두의 머리를 안고 있자니 수의사가 파란 액체가 든 작은 주사기를 가지고 와 꽂아놓은 카테터에 연결했다. 연두는 평온했다. 무서워하지도 않는 것 같았다. 어쩌면 너무 기운이 없어서일지도 모른다. 정맥에 카테터를 꽂을 때 튀었을, 마침표 크기만 한 빨간 작은 점이 보였다. 파란색 액체와 대비돼 선명하게 보였다. 예전 같으면 에구, 바늘을 잘 꽂으시지 왜 피가 튀었어, 했을 텐데 이제 연두는 안 아플 테니 상관없었다.

주사액이 다 들어가고, 연두는 마지막 숨을 내쉬지도 않았다. 그냥 조용히 머리를 내맡기고 있었다. 잠시 후 수의사가 청진기를 가져와 연두의 가슴 소리를 들었다. 그리고 작게 고개를 끄덕였다.

연두가 차에 탈 때 쓰던 연어색 수건을 병원에서 준 상자에 깔았다. 그리고 연두를 뉘었다. 연두는 늘 작아 보이는데, 누우면 생각보다 길다. 지금도 그렇다.

파올루를 만나서 호숫가로 갔다. 고요한 호숫가에 소나무와 유칼립투스 나무들이 있고, 포장도로가 끝나고 조금 더 비포장도로로 나가자 약간 넓어진 공간이 나타났다. 까와 파올루가 삽으로 땅을 파고, 난 콩 장난감에 마지막 남은 간식 조각을 넣고 연두의 머리와 앞발 사이의 공간에 내려놓았다. 마지막 며칠은 그 좋아하던 당근도 씹어 먹지 못했다. 오늘 아침 히혼에서 출발하기 전에는 닭고기도 먹지 않고, 캔 사료만 작게 한 입 먹을 뿐이었다. 못 먹는 개를 보자 그제서야 까와 내가 내린 안락사 결정에 내 마음도 따라가게 되었다. 아마도 연두는 하루, 길면 3일 정도 더 살았을 것이다. 그 시간을 아프게 보내지 않아도 되니 다행이다.

남북으로 긴 호수의 동쪽 면은 햇살을 받아 따끈하게 빛났다.

연두는 우리가 묻기 전까지도 따뜻했다.

연두가 묻힌 호숫가.

네 덕에 이렇게 좋은 곳에 와 보는구나.

난 연두다

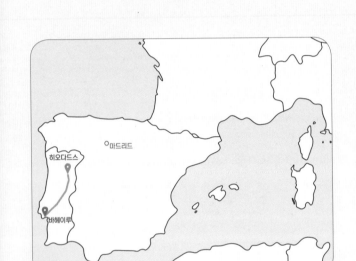

히오다드스 → 바헤이루

까와 나는 파올루네 집에서 3일 머물렀다. 마을 전체에 열려 있던 카페가 딱 하나일 정도로 작은 마을이었다. 연두가 없는 첫 새벽은 한가했다. 시간이 남아돈다. 약을 챙길 필요가 없고 아침 산책을 부랴부랴 나갈 필요가 없다. 마을 성당 옆에 자리잡은 파올루 집 2층 테라스에 앉아 뜨는 해를 보며 조금 울었다. 처량맞지만 어쩔 수 없는 수순이다.

연두를 묻을 아름다운 장소를 구해주고, 같이 땅을 파주고, 경황없는 우리를 재워준 까 친구 파올루에게 감사를. 파올루는 부모님 고향 마을에 여름용 집을 샀는데, 우리가 첫 번째 손님이 되었다. 파올루의 어머니 로사 아주머니는 은퇴 후 귀향하셔서 취미 삼아 농사 지으면서 사시는데, 초면에 너무나 극진한 대접을 받아 송구스러울 정도였다. 시골에서 8남매 중 하나로 태어나 포르투갈령이었던 앙골라로 이민, 첫아들 낳고 둘째 임신 중 앙골라가 독립하면서 맨손으로 리스보아로 돌아오셨다고. 거의 혼자 힘으로 두 아이 키우고 사업 일구고 지금은 고향 마을과 리스보아를 오가며 은퇴자의 삶을 즐기신다. 우리 엄마와 비슷한 연배인데 너무나 기운이 넘치고 가파른 바위도 잘 올라가셔서 깜짝 놀랐다. 3일 동안 마당에 있는 화덕에 구운 닭고기, 양고기와 사르디냐(정어리), 밭에서 딴 신선한 채소로 까와 나를 먹여주신 것도 모자라 우리가 떠나던 날 농사지은 채소와 로사 아주머니 친구분네 조랑말.

새끼를 다른 집으로 입양 보낸 지 얼마 안 돼서

엄마 조랑말이 우울해 한다고 했다.

너도 허전하니?

로사 아주머니는 마을에서 차로 5분 정도 걸리는 장소에
농장을 갖고 계신데, 올리브나무,
여러 과일나무와 각종 채소를 기르신다.
그 농장에 놀러 오는 이웃집 고양이. 친화력 있는 성격이라
우리가 농장에 있는 동안 늘 우리 곁에 앉아 있었다.
쓰다듬어주면 고로롱거리면서.

파올루의 여름 집, 로사 아주머니의 농장과 집이 있는 마을.

파올루네 집 테라스에서 맞은 새벽.
새벽에 시간에 많이 남아서 멍하니 하늘을 바라봤다.

까, 파올루, 로사 아주머니와 나들이 간 이웃 마을의 성곽.
스페인과 국경에서 가까운 지역은
이런 식의 방어용 성곽이 아직 많이 남아 있다.

로사 아주머니가 싸 주신 채소와 과일(바나나 빼고).
덕분에 우리의 며칠이 풍성했다.

과일을 한 상자 싸주셨다. 게다가 우리를 조랑말, 양, 양치기 개 등이 있는 동네 친구분 집에 데리고 가 분주하게 만들어주셨다. 난 영화 〈꼬마돼지 베이브〉나 양치기 대회에서처럼 양을 이리 저리로 모는 보더 콜리는 여기서 처음 보았다. (물론 양이나 염소 치는 분과 양치기 개가 들판을 다니는 건 포르투갈에서 심심치 않게 볼 수 있다. 그러나 영화에서처럼 양들을 '몰지'는 않는다) 우리는 나중 에 감사의 표시로 직접 만든 스카프와 초콜릿을 로사 아주머니 에게 보냈다.

파울루네 마을을 떠나던 날, 까와 나는 호숫가에 들렀다. 3일 전 올려놓았던 돌멩이 세 개는 잘 놓여 있었다. 그중 큰 돌멩이 아래 못 버리고 냉장고에 보관해 놨던 당근을 내려놓고 다시 돌 을 올렸다. 잘 있어 연두. 사랑해 연두.

집으로 돌아왔다. 37일의 외출. 여행. 이별. 한가했지만 많은 일이 있었다. 나와 까와 연두는 잘 해냈다.

오후 5시쯤 집에 도착해서 짐 정리하고 치우는 데만 4시간 넘 게 걸렸다. 빨래, 소지품 정리, 연두 짐 중 기증할 것과 빨래해 서 보관할 것 분리하고, 제제가 준 이것저것, 마지막에 로사 아 주머니가 준 과일과 채소들을 정리했다. 한 달 넘게 냉장고에 있었던 음식 정리하고 냉장고 청소까지 끝내니 밤이 돼 있었다.

뒤를 쫓아다니는 연두 발소리가 안 들리니 집이 너무 조용했다.

연두가 쓰던 담요, 방석, 옷, 노즈워크 장난감, 천 기저귀, 매너벨트 등은 잘 빨아서 개어 옷장 속에 넣어두었다. 물그릇과 밥그릇은 치웠지만 연두 전용 의자는 아직 못 치웠다. 간기능 사료와 간 영양제, 일회용 기저귀 등은 연두의 입양 전 사진을 볼 수 있었던 사설 유기견 보호소에 기증하기로 했다. 연락을 했더니 몇 년 전에 좀 더 넓은 공간으로 이사를 했다고 한다. 집에서 차로 20분 정도 걸리는 곳인데 구글맵이나 내비게이션에도 안 나온다. 도심에서 그리 멀진 않지만 마을 바깥의 한적한 곳이라 지나는 사람이 드문 곳이었다. 노견용 사료 20킬로그램짜리를 하나 더 사서 찾아갔다. 입양이 잘 안 되는 나이 들고 아픈 개와 고양이들이 많은 곳이었다. 눈에 들어오지 않는 녀석들이 없었지만 아직 다른 녀석을 가족으로 맞을 준비는 안 됐다.

가족과 친구들, 지인들에게 연두의 소식을 전했다. 동네에서 늘 만나던 강아지 친구들과 주인 분들에게도 이야기했다. 동물병원, 연두 미용해주시던 분에게도. 히혼의 아파트 주인장 루이스 안토니오가 다정하게 우리 셋의 안부를 묻길래 소식을 전했다. 전할 만큼 전했다고 생각했는데, 의외로 연두를 기억하고 물어보는 분들이 많았다. "갈기 있던 개 세뇨라 아니세요?"하는 질문을 여러 번 받았다. 갈기 있던 개의 소식을 알렸다. 연두의 네 발 친구들은 연두가 없어도 내 손의 냄새를 맡고 이마를 내 손에 맡겼다. 그 녀석들 머리를 쓰다듬고 옆구리를 툭툭 쳐주었다. 소식을 듣고 다들 안타까워했지만 이제 아프지 않으니 괜찮다는 말을 덧붙이기도 했다. 애도의 시간을 가진 다음 다른 개를 데려오라는 사람도 꽤 있었다. 다 맞다. 이제 연두는 아프지 않다. 연두에 대한 마지막 기억이 아픈 모습이라 쉽지 않지만, 내 친구가 아프지 않던 때를 더 기억하고 싶다. 내 뒤를 쫓아다니던 연두, 까와 함께 바닷가에서 달리던 연두, 집에서 가장 편안한 장소에 자리잡고 잠든 연두, 당근 배추 고수 같은 채소도 잘 먹던 연두.

연두와 산책할 때는 하루에 하나씩 찾던 네잎클로버를 못 찾은 지 오래 됐다. 개들의 천국이 있다면, 연두는 그곳에서도 편안한 자리 찾아놓고 당근을 씹고 있을 것이다. 아니면 천천히 토끼풀 냄새 맡으며 산책하고 있을지도 모른다. 나와 까를 기다리진 않았으면 좋겠다. 저 하고 싶은 거 하고 살았으면 좋겠다. 재밌게 살다가 나중에 만나게 되면, 오랜만이네! 한 뒤 까와 모래사장을 뛰어다니고 나와 푹신한 소파에서 뒹굴거렸으면 좋겠다. 좋은 사람이 돼야겠다고 생각한다. 천국이 있는지 없는지 모르지만 혹시라도 있다면, 그리고 똘이, 연세, 연두를 만나려면, 천국에 가야 하기 때문이다.

나는 그림이다. 미술관이다. 프라도, 티센, 라익스뮤지움이다. 나는 얇으면서도 흐느적대지 않는 숙고사다. 잘 다려놓은 모시다.

난 엄마다. 난 까다.

난 연두다.

"우리가 사랑하는 것들이 바로 우리야. 우리가 좋아하는 것들이 우리다."

－《섬에 있는 서점》개브리얼 제빈

오늘 오후는 평화로울 것이다

노견과 여행하기

지은이	최경화
초판 펴낸날	2021년 10월 21일
펴낸이	김남기
편집	하지현
디자인	여YEO디자인
마케팅	남규조
펴낸곳	소동
등록	2002년 1월 14일(제19-0170)
주소	경기도 파주시 돌곶이길 178-23
전화	031·955·6202 070·7796·6202
팩스	031·955·6206
홈페이지	http://www.sodongbook.com
페이스북	https://www.facebook.com/sodongbook
전자우편	sodongbook@gmail.com
ISBN	978-89-94750-84-2 (03810)
값	16,000원